Mots Croisés

FANNY VANDERMEERSCH

City
Poche

ISBN : 978-2-8246-2234-7
Code Hachette : 61 9829 9

Collection dirigée par Christian English & Frédéric Thibaud.
Catalogue et manuscrits : city-editions.com

Dépôt légal : Juin 2023

1
Juliette

9 heures. Juliette ferme avec douceur la lourde porte blanche de son immeuble qu'elle quitte en chantonnant, un sourire vissé sur les lèvres depuis son réveil. Elle laisse derrière elle sa fille Roxane encore endormie – elle a bien compris qu'il ne servait à rien de vouloir réveiller une adolescente un samedi matin – et leur poisson rouge Baobob, occupé à végéter dans l'eau claire de son aquarium rond. Le temps est au beau fixe, comme son moral. Elle aime ces premières journées ensoleillées qui annoncent l'arrivée prochaine de l'été, des barbecues, du rosé et des jours qui allongent.

Dans sa main droite, la jeune femme tient fermement, comme si elle craignait de le perdre, un trousseau de clés : c'est elle qui ouvre la médiathèque ce matin. Si elle n'accordait pas autant d'importance aux regards des autres, elle poursuivrait sa route en sautillant, sauterait par-dessus les flaques d'eau, tournoierait autour des lampadaires disséminés sur son chemin, suivant le rythme des basses qui résonnent dans sa tête. Elle se sent si légère ! Légère et terriblement impatiente aussi.

Elle avance d'un pas léger, presque aérienne, l'impatience étant de mèche avec un certain soulagement, surexcitée comme une petite fille à l'approche de Noël. Les émotions battent le tempo. Et pour cause ! Ça y est, elle le tient ! Son happy end ! La fin feel-good de son histoire, un terminus qui se dérobait jusque-là à elle, malgré les heures passées devant les deux cent cinquante pages déjà noircies sur son écran d'ordinateur portable. Elle voit enfin la conclusion d'un long travail de rédaction, puisqu'il lui a fallu huit mois pour atteindre cet objectif qui lui semblait ambitieux. Des mois d'euphorie, des mois de doute, aussi. Elle était passée par toute une palette d'émotions, du fantasme secret d'écrire le prochain best-seller, choisissant devant son miroir quelle moue elle devrait offrir aux journalistes qui se battraient pour avoir une interview de cette nouvelle autrice – ou auteur, voire auteure ? – à la certitude que la lecture d'un annuaire serait plus agréable que celle de ce qu'elle ose appeler pompeusement « son roman ». Cette dernière impression avait d'ailleurs valu audit manuscrit de rejoindre quelques semaines plus tôt la corbeille de l'ordinateur, avant que Juliette ne se reprenne et finisse par restaurer le fichier du document pour le récupérer : elle avait presque eu l'impression d'abandonner un ami, voire une partie d'elle-même. Qu'il est étrange, s'était-elle dit alors, le lien qui se crée entre un texte et son auteur…

L'idée lui est tombée dessus dans la nuit, heureusement sans lui faire de mal, alors qu'elle était en proie à une de ses habituelles insomnies et que l'heure affichée sur son réveil n'avait avancé que de dix minutes alors qu'elle était certaine d'avoir les yeux ouverts depuis des heures. Prudente, elle s'était aussitôt levée pour noter les idées sur un calepin avant que ces dernières ne s'envolent – ça lui était déjà arrivé – puis s'était convaincue qu'il serait plus raisonnable de retourner se coucher avant de se mettre à la rédaction complète de ce dénouement prodigieux. À son grand étonnement, elle s'était endormie du sommeil du juste, comme si cette découverte lui permettait de relâcher une pression qui gardait en éveil son activité cérébrale.

Il ne lui faut que vingt minutes pour rejoindre le grand bâtiment qui abrite la médiathèque, fraîchement repeinte l'année dernière. Cette dernière jouxte une école de musique d'un côté et la cour de récréation de l'école primaire de l'autre. Par la fenêtre principale, on peut voir courir à toute vitesse les petites têtes blondes lors des récréations. Juliette se plaît souvent à rêvasser en regardant les bambins avaler des kilomètres sur le bitume, imaginant parfois les secrets que peuvent s'échanger les groupes d'enfants dont les bouches murmurent des mots aux oreilles voisines. Son cœur se serre aussi quand des cris de douleur ou de chagrin lui parviennent, et il s'en était fallu de peu, un jour, qu'elle n'aille consoler une petite fille qu'un garçon venait de pousser sans ménagement ni excuses. Une autre fille, qui semblait avoir à peu près l'âge de la pleureuse, était venue lui tendre la main et le geste semblait avoir chassé la tristesse. La magie enfantine.

La clé bien en main, Juliette la glisse doucement dans le trou de la serrure avant de pousser la porte en bois sculpté avec autant de cérémonie. Si la jeune femme est d'une nature réservée, elle redouble de discrétion quand elle entre au contact des livres, avançant fièrement d'un pas ouaté, comme si ces derniers étaient des nouveau-nés ou de vieilles personnes qu'il ne fallait surtout pas réveiller. Juliette est comme ça : elle affectionne les livres et l'apparente sérénité qui les entoure. Elle apprécie le parfum qui s'en dégage, elle aime caresser la rudesse de certaines couvertures et la douceur d'autres pages, elle les chérit même, les prenant entre ses bras quand l'un d'entre eux, mal posé, s'étale sur le sol. Une page pliée ou, pire, arrachée, lui semble l'une des pires ignominies. Elle a en revanche en horreur le bruit des talons qui martèlent le sol de la médiathèque ou encore les chamailleries des adolescents qui ne viennent parfois se réfugier ici que parce qu'il fait froid dehors, ou que la pluie tombe trop fort. Seuls les cris des enfants ne dépassent pas son seuil de tolérance : il faut dire qu'ils sont souvent admiratifs des albums exposés à leur intention et Juliette est attendrie face aux expressions de ces bouilles qui ne mentent pas.

Sa main tâtonne le mur droit rugueux avant de rencontrer l'interrupteur qu'elle active aussitôt. La médiathèque est déserte et Juliette savoure déjà le silence qui lui permettra d'écrire son point final. Elle aime ce moment où les lieux ne semblent appartenir qu'à elle, où la quiétude est propice à écouter les divagations de son imagination. Mieux encore, elle a même l'impression que les œuvres, par leur simple présence, l'inspirent.

Elle se dirige vers l'îlot central qui leur sert de bureau et active la cafetière cachée sous l'un des plans de travail et préparée la veille. Sa collègue, Fatima, n'arrivera que dans une heure, quand le lieu sera ouvert au public.

Dix minutes plus tard, Juliette est installée, un mug chaud dans la main. L'odeur du café s'est répandue dans la pièce, un parfum que la jeune femme apprécie. Le calepin est ouvert, placé à côté du clavier, la clé USB contenant le précieux manuscrit, connectée.

Quand le fichier charge et s'ouvre, l'excitation est à son comble et Juliette ne tient plus en place. La jeune femme, qui connaît par cœur son histoire, n'attend pas une minute de plus et laisse ses doigts courir avec frénésie sur le clavier, sans même jeter un œil à son carnet de notes.

2

Madelaine

La lumière se faufile paresseusement à travers les volets. Madelaine soupire : encore une fois, elle n'a fermé ni les volets, ni les rideaux, mais il est trop tôt, elle n'a pas envie de se lever. Dehors, pourtant, les oiseaux sont déjà en joie et sifflent avec entrain : elle s'est toujours demandé ce qui pouvait les rendre aussi joyeux.

Bougonne, la vieille femme se retourne difficilement du côté du mur opposé à celui de la vitre. Elle veut replonger dans son sommeil, incarner encore quelques minutes la femme fatale qu'elle était dans son rêve, croire encore quelques instants qu'elle n'est plus une femme retraitée de quatre-vingt-un ans que ses hanches font parfois souffrir – n'allez pas dire une vieille femme, elle déteste ça, encore moins une personne âgée – mais une jeune femme dynamique, d'une quarantaine d'années, aux cheveux longs, blonds et soyeux, qui retombent délicatement en cascade sur ses épaules menues, en train de se faire draguer par un stagiaire plutôt craquant et de toute évidence prêt à tout pour lui plaire, qui vient d'arriver dans sa boîte de vêtements de prêt-à-porter.

Elle remonte la couverture jusqu'à l'arête de son nez, serre les poings de toutes ses forces, ferme les yeux, reste immobile dans cette position pendant de longues minutes, respire et inspire lentement, essaie de ne pas écouter les pensées qui viennent déjà lui effleurer l'esprit, mais plus le temps passe, plus le songe s'éloigne.

Alors, elle change de technique. *Tu dois essayer de te libérer de tes pensées*, s'encourage-t-elle, avec l'énergie du désespoir, avant de se répéter, mentalement, la phrase « Je ne pense à rien » – elle avait lu cette méthode dans un magazine qui traînait chez le coiffeur lors de sa dernière coupe-brushing. Contre toute attente, elle y arrive d'ailleurs. Elle sent le vide qui se crée en elle, entre en symbiose avec son moi profond, éloigne toutes les pensées parasites qui sillonnent l'hémisphère gauche de son cerveau, puis le droit… – elle n'est pas franchement certaine que ça fonctionne ainsi, mais elle avait lu que visualiser ce qu'on veut obtenir augmentait nos chances de réussir… – et il n'en reste plus une. Plus une seule. Elle ne pense plus à rien… ça y est ! Quelle joie ! Jusqu'à ce qu'elle réalise, désabusée, que se dire qu'on ne pense à rien n'est rien d'autre qu'une… pensée. *Ils nous font vraiment gober n'importe quoi*, maugrée-t-elle en se réveillant définitivement.

Dépitée, elle soupire, regrettant d'avoir quitté ce rêve idyllique trop tôt – elle est persuadée que ce stagiaire aurait fait un excellent mannequin – et finit par envoyer valser sa couette, sans beaucoup d'énergie cette fois-ci.

Dehors, l'horloge de l'église sonne 7 heures.

Madelaine aimerait se réveiller trois heures plus tard, s'extasier en constatant qu'elle a fait une grasse matinée, comme durant sa jeunesse, mais son corps semble le refuser, à moins que ce soit son imbécile de vieille caboche qui ne sait rien faire d'autre que de penser. C'est dommage : le temps lui semblerait ainsi moins long. Elle a déjà essayé de se coucher tard, comme le font parfois les parents qui ne veulent pas que leurs enfants se réveillent trop tôt le lendemain, veillant même jusqu'à minuit à grand renfort de séries télévisées stupides, mais rien n'y fait : son horloge interne l'éjecte de ses songes tous les matins, un peu avant 7 heures, avec une régularité déconcertante, voire provocante. Dire que quand elle travaillait, elle devait parfois programmer deux réveils différents pour être certaine de ne pas se rendormir, posant même le second sur la commode afin qu'elle soit obligée de se lever pour l'arrêter, et que les journées passaient à une allure folle… À croire que la retraite ne signe pas seulement l'arrêt du travail, mais l'arrêt des matinées à traîner au lit aussi. Ce n'est d'ailleurs pas étonnant de constater que les marchés et les magasins sont pris d'assaut par le troisième âge dès leurs ouvertures, sous le regard exaspéré des *actifs* qui ne comprennent pas : les seniors meurent d'ennui chez eux.

Une demi-heure plus tard, après avoir réfléchi à l'organisation de sa journée qui ne change pas vraiment des autres jours et à sa tenue, qui ne change pas vraiment non plus, Madelaine capitule et se résout à sortir de son lit. Comme tous les matins, elle dépose tout d'abord un baiser sur un portrait posé à côté de son lit, sur la table de chevet : il représente son mari, son cher et tendre Alphonso, décédé dix ans plus tôt d'une maladie cardiaque. Il n'y avait pas eu de réelle surprise : l'état du malade s'était dégradé lentement mais sûrement et les pronostics lui laissaient envisager le pire depuis longtemps. Pour autant, la douleur n'avait pas été plus supportable. Si les premiers mois, puis les premières années avaient été difficiles pour la veuve – elle avait l'impression d'avoir perdu une partie de son âme —, elle avait décidé de continuer à vivre sa vie, puisqu'après tout la mort n'avait pas encore estimé que son heure était venue et que pleurnicher dans son coin commençait à devenir lassant. Vivre sa vie et porter le deuil ne sont pas antagonistes.

La suite de sa matinée se poursuivra avec la même régularité : elle commencera par se faire chauffer de l'eau afin de boire un café soluble décaféiné que son fils, Julien, trouve infect, mais auquel elle s'est habituée depuis des années. Puis, elle se beurrera trois biscottes, ajoutera une cuillère de confiture à la fraise sur la première, laissera nature la seconde et optera pour une goutte de miel sur la troisième, avant d'aller s'habiller, le temps que la boisson refroidisse. Enfin, elle descendra les petits escaliers en pierre devant sa maison, traversera la rue pour entrer dans la Maison de la presse qui ouvre un peu avant 8 heures et se situe pile en face de chez elle, saluera Boris, le propriétaire qui lui tendra le journal du jour avant même qu'elle le lui demande, fera tinter sa monnaie sur la table du comptoir – elle a toujours le compte juste, préparé la veille au soir –, demandera des nouvelles de sa femme qui a été opérée de la vésicule quinze jours plus tôt, se plaindra avec lui de l'incompétence et de l'inhumanité de certains médecins, puis rentrera doucement chez elle pour déguster le café parfois froid, parfois encore tiède, accompagné des fameuses biscottes. Quand elle aura terminé son petit déjeuner, elle ira acheter sa viande du jour à la boucherie, ses légumes chez le primeur, son pain à la boulangerie, ramènera le tout chez elle et terminera sa palpitante matinée par un passage à la médiathèque.

Si elle se sent d'humeur à faire des petites folies, elle s'autorisera peut-être un verre de vin rouge pour accompagner son repas.

3
Christina

Le réveil sonne depuis de longues minutes maintenant. Christina reste blottie sous la couette : elle peut bien attendre encore un peu de temps, il ne peut pas être si tard que ça… Pourtant, elle ouvre un œil et ce dernier se hasarde à se poser sur les chiffres rouges qu'affiche le réveil. Le second œil s'ouvre aussitôt afin de s'assurer de ce que le premier a vu : c'est bien ça : elle commence dans une heure…

Dans une heure ??? C'est vrai, on est samedi ! Le seul jour où la caissière travaille parfois le matin…

La couette vole, comme la nuisette et la paire de chaussettes assortie. Christina se précipite dans la salle de bains, attrape un des élastiques posés sur le rebord du lavabo, s'attache les cheveux pour ne pas les mouiller et se jette sous la douche. Elle laisse échapper un juron quand les premières gouttes d'eau, glaciales, viennent cingler sa peau. Quand elle a un peu de temps, elle fait couler l'eau quelques minutes avant de se laver, mais se lever une heure après que le réveil se soit mis à sonner ne lui permet pas de s'offrir pas ce luxe.

Douze minutes précisément plus tard, la jeune femme est déjà assise dans la cuisine, un café fumant entre les mains. Son dos est encore mouillé, elle sent les dernières gouttes d'eau glisser le long de sa colonne vertébrale, mais ne s'en émeut pas. Elle apprécie ce moment de calme absolu, la sérénité qui l'entoure, la sensation d'être enfin en sécurité. Depuis qu'elle a emménagé dans cette maison de campagne, à quelques minutes en métro du centre de Lille, Christina a l'impression de se redécouvrir. Sa vie parisienne, stressante et épuisante, ne lui manque pas, ni son travail en tant que directrice d'agence publicitaire. Elle ne supportait plus la femme qu'elle incarnait, même si, elle devait l'avouer, elle avait pris pendant plusieurs années du plaisir à observer le pouvoir que son aura pouvait exercer sur les personnes qui l'entouraient. Mais être crainte au travail n'était pas être estimée, encore moins appréciée. Tout y était faux, du sourire du matin à la paire de seins d'une jeune mannequin regonflée sur le papier glacé.

Pourtant, elle avait cru être aimée, passionnément, par Gérald, un homme à peine plus âgé qu'elle, connu grâce à ses relations professionnelles. Elle avait rapidement emménagé chez lui, à sa demande, revendant l'appartement spacieux qu'elle habitait depuis trois ans.

Ses cheveux couleur poivre et sel, ses fossettes, l'assurance qu'il dégageait dans n'importe quelle situation l'avaient séduite. Il avait réussi, lentement mais sûrement, à fendre la carapace qu'elle s'était forgée à force d'ambition professionnelle et de coups bas. Dans le couple qu'ils formaient, elle appréciait ne pas être la femme dure et autoritaire qu'elle représentait ailleurs, mais une femme douce, aimée et aimante, acceptant même parfois de devenir soumise, jusqu'à ce qu'elle comprenne qu'il demandait d'elle, puis exigeait, une servilité exagérée, voire dangereuse. Puis, il y avait eu ce matin-là. Elle s'était levée aux aurores, une nouvelle fois. L'aube avait une magnifique teinte jaune-orangé, elle semblait annonciatrice de tant de promesses et les oiseaux piaillaient déjà gaiement. Christina venait d'avaler un petit déjeuner frugal et s'apprêtait à partir à la piscine, comme tous les matins. Gérald s'était levé, lui aussi, en grommelant. Ce n'était pas bon signe. Il n'était jamais de bonne humeur le matin, n'aimait jamais les tenues que Christina enfilait pour se rendre sur son lieu de travail, qu'elle rejoignait directement après sa séance de natation. Cette fois-ci, il avait trouvé sa jupe trop courte, ses collants trop clairs, ses yeux trop bleus, sa bouche trop rouge, elle avait l'air d'une putain prête à déambuler le long des trottoirs. Il avait déjà empoigné ses cheveux, se moquant des mots de la jeune femme, *Oui, je vais me changer, oui, je vais enfiler un pantalon large, tu as raison j'abuse un peu quand même...* les seuls mots qu'il pouvait entendre alors, comme de ses maux. Il avait honte, elle lui faisait honte. Encore. Qu'avait-il fait au ciel pour subir ça ? Elle ne comprenait donc rien, ce n'était pas possible d'être aussi conne. Il allait lui rappeler les règles de bonne conduite, de gré ou de force : c'était pour son bien, elle le remercierait même après.

Ce qu'elle fit, d'une certaine façon.

Ce jour-là, elle avait rejoint sa voiture en larmes, le corps endolori, le visage tuméfié, ses collants et sa jupe arrachés, une marque rouge autour du cou. Elle inspirait et expirait difficilement, avait encore des vertiges dus à l'oxygène qui avait momentanément manqué à son cerveau. Elle avait mis le contact et était partie, sans réfléchir, regardant à peine ce qui se passait autour d'elle, comme si elle était en mode automatique. Elle avait roulé de longues heures sans pouvoir s'arrêter. Elle n'avait pas rejoint la piscine municipale – elle n'a plus jamais mis un pied dans l'eau depuis, préférant dorénavant fouler le bitume –, n'était pas allée à son travail non plus. Elle ne s'était arrêtée que sur une aire d'autoroute, heureusement vide, dans laquelle elle avait pris soin de revêtir un pantalon, qu'elle gardait toujours sur elle au cas où elle aurait un problème vestimentaire – elle avait été bien inspirée ce jour-là –, avait jeté la jupe et les collants dans la poubelle pleine d'emballages alimentaires, puis avait essuyé doucement le sang séché qui avait coulé de sa pommette gauche entaillée, avant de recouvrir la blessure de fond de teint, en usant à outrance, préférant donner l'impression qu'elle était un pot de peinture plutôt qu'une femme battue. On ne devait pas savoir que ça lui arrivait, à *elle*.

Depuis, elle ne met plus de rouge sur ses lèvres et il lui est arrivé de trembler et de sentir son cœur battre à tout rompre quand la main d'un homme s'est levée dans sa direction.

Le soir même, alors qu'elle avait élu domicile dans un gîte flamand, elle avait décidé de changer de vie en quelques e-mails : un pour annoncer sa démission, un autre pour informer Gérald qu'elle ne rentrerait jamais, qu'il pouvait même brûler ses affaires si cela lui faisait plaisir. Elle le remerciait, à sa façon. Elle avait aussi envoyé d'autres courriers plus administratifs pour régler des histoires d'abonnement. Puis, elle avait supprimé son adresse e-mail, changé son numéro de téléphone. Le besoin de se couper de ces liens toxiques était devenu tellement évident, et vital. Comment avait-elle pu tenir jusque-là ? L'amour, tout simplement. Elle y avait cru, on ne l'y reprendrait pas.

Partir avait été finalement plus facile qu'elle ne l'avait imaginé. Elle n'avait aucune famille là-bas, rien ne la retenait vraiment. Elle avait conscience de fuir, comme elle avait conscience de la lâcheté de son acte : n'aurait-il pas fallu qu'elle aille porter plainte ? Que le discrédit soit jeté sur cet homme, comme un avertissement adressé à ses futures victimes ? Mais il était tellement manipulateur, un véritable *pervers narcissique*, elle avait découvert le terme plus tard, et on aurait été tellement heureux de la voir tomber de son piédestal… Il aurait pu réussir à se faire passer pour la victime et elle, pour une menteuse qui veut attirer l'attention. Elle n'avait peut-être pas opté pour la meilleure solution, mais, au moins, elle était en vie.

Elle avait gardé ses lunettes de soleil pendant plusieurs semaines, même si le soleil se cachait derrière les nuages, même quand les traces de coups avaient disparu.

C'est en visitant Lille qu'elle avait eu un coup de cœur pour la ville, peut-être à cause des délicieuses gaufres Meert, de la bière brassée locale, de la bonne humeur, des welshs à tomber par terre, des briques rouges, de l'architecture : certainement un mélange de tout ça. Elle était restée quelques semaines dans le gîte, où on ne lui posait jamais de questions, à son plus grand soulagement, avant de se lancer dans les visites immobilières. Elle avait rapidement craqué pour cette maison d'une centaine de mètres carrés, un lieu trop grand pour elle, mais dans lequel elle se sentait bien. Puis, elle pourrait toujours, à l'occasion, louer une des trois chambres à une jeune étudiante, comme le notaire lui en avait soufflé l'idée.

Son café avalé, Christina part prendre le bus pour se rendre sur son lieu de travail. Elle est caissière à mi-temps dans un petit supermarché à vingt minutes de chez elle. Ce n'est pas le salaire qui l'a motivée à changer de branche professionnelle, elle a d'ailleurs suffisamment d'argent de côté pour pouvoir se permettre de ne plus travailler, mais elle voulait trouver un travail sans responsabilité, un endroit où elle devrait rendre des comptes à un supérieur, sans que la pression soit toutefois trop forte, un lieu qui lui permettrait aussi de ne plus repenser à tout ce qu'elle a quitté du jour au lendemain, et qui lui donnerait l'impression de mener une vie normale.

C'est en passant devant le supermarché, par hasard, qu'elle avait lu une affiche informant qu'ils étaient à la recherche de quelqu'un pour un CDD, prolongeable en CDI. Elle était entrée, s'était présentée dans les grandes lignes : elle commencerait le lendemain. Depuis, elle apprécie la routine de son nouvel emploi.

4
Juliette

— Qu'est-ce que tu fais ?

Juliette sursaute et se tourne vers Fatima qui vient d'entrer dans le hall de la médiathèque. Aussitôt, Juliette réduit la page sur laquelle la fin de son histoire prenait forme et lance le site de réservation de la médiathèque.

— Je… je regarde s'il y a beaucoup de retards dans les emprunts…

Fatima esquisse un sourire amusé. Ses longs cheveux bruns et bouclés tombent en cascade sur ses épaules. Elle porte une petite jupe blanche et un pull bleu qui met en valeur ses yeux marron. Visiblement, la jeune femme n'est pas dupe, mais elle préfère ne pas poser de questions, ce n'est pas dans sa nature, ce qui ne l'empêche pas de répondre :

— D'accord, d'accord… Tant que tu y es, imprime les lettres de réclamation pour ceux qui ont dépassé les dix jours de retard, ça fait toujours son petit effet. Et n'oublie pas qu'il y a l'intervention du conteur ce soir : c'est toi qui gères l'animation !

Tous les quinze jours, les deux femmes accueillent dans leur local un conteur, souvent le même, Arturo. Ce dernier récite ou lit des contes anciens ou contemporains, pour les enfants à partir de cinq ans comme pour les grands. C'est un rendez-vous qui a toujours beaucoup de succès.

— Oui, oui, je sais ! réplique Juliette, qui essaie de cacher son embarras et se lance à la recherche des livres non rendus.

Pourtant, cette dernière avait oublié. Elle s'imaginait déjà pouvoir profiter du créneau de 18 à 19 heures pour mettre le point final à son histoire, n'ayant pas eu le temps ce matin : la faute à ses personnages qui n'en font qu'à leur tête et qui changent le cours de l'histoire… L'idée de devoir chapeauter les gamins ne lui paraît pas vraiment intéressante à côté… Elle aurait peut-être pu se dégager un créneau le soir puisque sa fille passe la soirée et la nuit chez une copine, mais elle a accepté de dîner au restaurant avec une amie et son conjoint du moment, depuis bientôt deux semaines. Il faudrait qu'elle réussisse à ne pas rentrer trop tard, mais elle sait que c'est souvent un vœu pieux : ça finit toujours tard, voire tôt le lendemain et, une fois qu'elle arrive chez elle, elle n'a qu'une envie : prendre une douche et se glisser entre les draps chauds de son lit double.

Juliette est plutôt du genre casanier. Rien ne lui plaît plus qu'une soirée au grand air, installée sur la petite terrasse ombragée de son appartement, située au dernier étage de l'immeuble, ce qui lui vaut une certaine tranquillité, un livre entre les mains, un verre de vin rouge non loin et quelques olives vertes. Elle dévore les mots les uns après les autres, lit avec avidité les pièces de théâtre, les romans en tout genre et même les essais philosophiques et la poésie. Seuls les livres traitant de la politique ne trouvent pas grâce à ses yeux. Parfois, elle s'imagine enfermée pour la nuit à la médiathèque. Elle pourrait passer tout son temps à lire… Il y a encore tellement d'ouvrages qui ne lui sont pas passés entre les mains ! De temps en temps, sa fille Roxane vient la rejoindre pour profiter elle aussi de l'ambiance sereine, un livre entre les mains. Plus tard, ce sera certainement un téléphone portable, pense parfois Juliette quand elle la regarde, même si elle n'est pas encore prête à lui en offrir un, malgré les premières demandes de sa fille.

Roxane est en classe de sixième, dans un grand collège à une quinzaine de minutes en bus de l'appartement. Si Juliette craignait que l'arrivée dans un nouvel établissement plus grand puisse perturber sa fille, il n'en a rien été : elle se rend chaque matin au collège avec la même motivation que dans son école primaire. D'ailleurs, la motivation est sans doute le nom qui correspond le mieux à Roxane : un rien l'émerveille, elle est toujours partante pour tout. Avec du recul, Juliette s'est rendu compte que c'était plutôt elle qui était perturbée de voir sa fille grandir plus vite qu'elle ne le voudrait : elle est encore son bébé ! On dit souvent qu'élever une enfant seule n'est pas facile, mais Roxane, avec son caractère docile, lui a facilité la tâche.

Quand elle est sûre que Fatima ne regarde pas son écran, Juliette revient sur le fichier Word, enregistre le document sur sa clé USB qu'elle glisse ensuite dans la petite poche avant de son sac à main.

La matinée passe lentement. Juliette a du mal à se concentrer sur son travail, elle a imprimé plusieurs fois les mêmes documents : ils seront peut-être nombreux à recevoir plusieurs lettres de relance pour un seul livre emprunté. Il n'y a pas grand monde de passage ce matin, mais elle a l'impression de perdre son temps à végéter, assise sur son tabouret. Où sont passés les lecteurs ? La chaleur et le soleil qui règnent depuis quelques jours doivent leur donner des envies de sable fin et de farniente sous un parasol, à défaut de piquer une tête dans l'eau, la mer du Nord étant encore assez froide au mois de juin. Elle a bien essayé de lire un livre, ici elle a l'embarras du choix, mais dès les premières pages de la nouvelle saga fantastique prétendument addictive qu'elle vient de commencer, elle bâille à s'en décrocher la mâchoire : elle réessayera de le lire une autre fois.

Fatima, quant à elle, trouve toujours quelque chose à faire pour s'activer : nettoyer la cafetière pour la troisième fois, aligner les livres sur chaque étagère au centimètre près, épousseter les plinthes et les prises électriques. Les deux femmes travaillent ensemble depuis cinq ans maintenant. Avant, Fatima était seule, mais des problèmes de santé l'ont contrainte à réduire son nombre d'heures de travail. La mairie a décidé d'embaucher une deuxième personne, Juliette, d'abord à temps partiel, puis à temps plein.

— Bonjour mesdames !

Juliette tourne la tête vers la porte d'entrée d'où provient la voix joviale et tremblotante puis sourit en regardant les cheveux gris et le visage sillonné de rides de l'une de leurs plus fidèles lectrices.

— Bonjour, madame Jorgeon !

— Rhô, arrêtez ça, je vous dis sans cesse de m'appeler Madelaine !

Juliette sourit. Madelaine vient tous les samedis matin, pratiquement à la même heure. C'est un petit rayon de soleil. La bibliothécaire se demande parfois où elle puise toute cette énergie. Elle lui fait un peu penser à sa fille : elles donnent toutes les deux l'impression de toujours regarder la vie du bon côté. Deux êtres solaires.

La vieille dame dépose les livres sur le comptoir : essentiellement des histoires d'amour. Elle a certainement déjà lu toute l'étagère dédiée à ce genre, elle a même déjà emprunté un livre plusieurs fois – « on oublie, ma petite dame, à mon âge… » s'amuse-t-elle quand Juliette lui fait la remarque.

— Il y a des nouveautés ? se hasarde la vieille dame.

— Non, madame Jorgeon, mais les livres sont commandés et le livreur ne devrait plus tarder d'ailleurs.

— Ils ne sont jamais pressés, soupire-t-elle en haussant les épaules.

— Ils ont certainement beaucoup de livraisons. Et avec le marché, ce n'est jamais facile de se garer pour venir ici.

Puis, Juliette ajoute d'une voix plus basse, comme si elle ne voulait pas se faire entendre alors que la pièce est pratiquement vide :

— J'ai bien pensé à vous cette fois : j'ai pris un gros stock de littérature sentimentale !

— Allons, ma petite dame, réplique la vieille femme, faussement offensée, vous savez bien que je m'intéresse à tout !

Quelques minutes plus tard, comme si elle voulait montrer à Juliette qu'elle avait tort, la lectrice réapparaît avec, entre les mains, une encyclopédie sur le B.A.-ba du potager.

— Vous avez un potager ? s'étonne la bibliothécaire.

— Non, mais il n'est jamais trop tard pour apprendre, n'est-ce pas ? Je prendrai ça aussi, ajoute-t-elle en tendant deux autres livres.

Juliette regarde les titres et sourit. La soudaine lubie potagère n'aura pas complètement fait disparaître l'envie de lire des histoires d'amour, et heureusement : la jeune femme s'en serait voulu si tel avait été le cas !

— D'ailleurs, je voulais vous demander…

Juliette écoute la vieille dame, dont les joues s'empourprent, attentivement.

— … Si par hasard, vous n'aviez pas des livres un peu plus… comment dire…

— Historiques ? se hasarde Juliette.

— Non, non, pas ça. Mais, s'il pouvait y avoir un peu plus…

— D'amour ?

— Non, pas vraiment, enfin si, de l'amour, mais… ajoute-t-elle en cherchant ses mots, avec un peu plus… de rythme aussi.

— Comment ça, du rythme ?

Les joues de la vieille femme sont de plus en plus rouges.

— Des actions…

— Des actions ? s'étonne la bibliothécaire. Vous voulez un roman avec des combats ?

— Oh non ! Dieu m'en garde ! Si je veux ce genre de chose, j'allume ma télévision à l'heure du journal télévisé, ricane Madelaine. Non, toujours des livres de romance, mais avec un peu plus d'action… entre les personnages amoureux.

Madelaine est tellement rouge que Juliette craint un moment qu'elle ne fasse un malaise.

— De l'action dans la romance, entre les personnages, résume Juliette, pensive, à voix basse. Oh ! s'exclame-t-elle, alors qu'elle commence à comprendre. Comme dans la série *After* ?

— La série Af… quoi ? Peut-être, peut-être, balbutie la vieille dame, je ne connais rien à ces genres-là.

— Non, malheureusement, nous n'avons rien dans ce style pour le moment, réplique Juliette sur un ton professionnel, se mordant l'intérieur des joues pour ne pas rire. Vous voulez que j'en commande ?

— Faites comme vous voulez, ma p'tite dame, conclut Madelaine, visiblement un peu déçue.

Madelaine fait glisser ses livres du comptoir à son panier, avant de tourner les talons, sous le regard toujours amusé de Juliette, qui ne se retient pas de sourire. Sacré Madelaine… Mais elle a raison : une touche d'érotisme pourrait donner un peu de piquant à ses rayons.

5
Madelaine

Madelaine a déjà commencé à jeter un coup d'œil à l'encyclopédie qu'elle vient d'emprunter : autant ne pas l'avoir trimballée pour rien. Elle n'avait pas du tout l'intention de le ramener chez elle, mais suite à sa petite discussion avec la bibliothécaire maigrichonne, elle s'est sentie obligée de sortir de son domaine de prédilection. Avec du recul, elle sait bien que sa réaction est idiote : la petite ne voulait pas la mettre mal à l'aise ni lui faire le moindre reproche. D'ailleurs, tout ce qu'elle a dit est vrai : Madelaine n'emprunte et ne lit que des romans d'amour, et elle peut relire deux fois, trois fois, quatre fois un livre qu'elle a aimé. En même temps, c'est tellement beau, les histoires d'amour. Les émotions fortes, les passions, les peines qui en découlent, les rencontres, les disputes, les réconciliations… surtout quand cela ne nous concerne pas. Madelaine sait très bien que toutes ces histoires ne sont plus de son âge, elle s'en est tout du moins convaincue – d'ailleurs, elle n'a jamais connu d'homme après le décès de son Alphonso adoré, pas même un petit flirt –, et que son cœur ne supporterait plus autant d'émois : alors, autant les vivre par procuration, c'est moins dangereux. Mais un peu moins excitant aussi.

Pourtant, elle n'aurait pas été contre un petit peu plus de piquant, d'un point de vue littéraire, évidemment. À croire que le rêve de la nuit dernière lui a donné envie d'élargir son horizon d'attente de lectrice, par curiosité. Elle s'était sentie gênée face à la petite bibliothécaire qui n'avait pas compris tout de suite où elle voulait en venir. Elle ne pouvait pas lui en vouloir : elle n'avait pas été très claire, à bafouiller n'importe quoi, mais elle était trop pudique pour appeler un chat un chat, dans une telle situation.

Tout en mangeant sa salade composée achetée chez le traiteur et en sirotant un verre de vin blanc moelleux, Madelaine tourne avec curiosité les pages de son nouvel ouvrage. Elle n'a pas de jardin, seulement une grande terrasse carrelée dans laquelle elle ne se voit pas creuser un ou plusieurs trous pour planter des pieds de tomate : le ciment, ça ne doit pas être facile à percer. Pourtant, quelque chose l'attire : voir cette terre, ces légumes pousser, cette vie. Pourquoi ne pas tenter un carré potager ? Ça semble tellement facile : un carré en bois, du terreau, quelques graines à semer ou des plants à replanter, un peu d'eau, la chaleur de l'été et le tour est joué. De bons produits frais à la maison, sans avoir besoin d'en sortir. Garantis sans OGM ni pesticides : made in Madelaine !

Ce n'est pas vraiment que Madelaine se soucie de ce qu'elle met dans son assiette : à son âge, on a d'autres préoccupations. Ce que la vieille femme pense, même si elle refuserait de l'admettre en public, c'est que cela lui permettrait certainement de meubler aussi un peu le temps. Que chaque heure de la journée, surtout l'après-midi, soit moins longue et que la grosse aiguille, comme la petite d'ailleurs, qui tourne sur la grande horloge qui orne le mur principal du salon, cesse de se mettre mesquinement en pause dès qu'elle regarde ailleurs. Il n'y a qu'un problème à cet ambitieux projet, mais pas des moindres : elle se sent incapable d'aller chercher tout cela seule au magasin, et encore moins de le porter.

— Mais oui, c'est ça ! s'écrie-t-elle tout à coup, alors qu'elle arrive à la fin de livre, à la page des « conseils ».

« Pensez à demander de l'aide en magasin ou à appeler votre enseigne préférée. De nombreuses grandes surfaces proposent de livrer gratuitement chez vous le matériel, si vous dépassez un certain seuil d'achat. »

— C'est parfait ! s'enthousiasme-t-elle.

Au même moment, une goutte d'assaisonnement glisse de la fourchette qu'elle agite sous le coup de l'excitation et tombe sur la page de droite du livre qui présente différents modèles de carrés potagers.

— Et merde !

La vieille dame, qui n'a jamais banni les gros mots de son vocabulaire, pose la fourchette dans son assiette, se lève péniblement de son siège, à cause de ses hanches douloureuses, pour aller chercher une feuille d'essuie-tout, puis s'applique à enlever la salissure, qui résiste et s'étale. La petite goutte s'est transformée en une large trace de gras.

— Et zut ! Tant pis !

Ni une ni deux, elle part en direction de la cuisine, attrape dans l'un des tiroirs une paire de ciseaux, revient en la tenant fermement puis, aussi proprement que possible, découpe la feuille souillée. Il n’est pas envisageable pour elle de rendre un livre taché, elle préfère encore qu’il soit amputé : c’est moins visible selon elle. En plus, la page l’intéresse : elle aura tout loisir de choisir le modèle de carré potager qu’elle souhaite.

6
Christina

— Tu manges avec nous Christina ?

La caissière lève la tête vers sa collègue, Malicia, une femme d'une quarantaine d'années, de taille moyenne, qui vient de baisser le volet métallique de la porte d'entrée en se hissant sur la pointe des pieds pour la pause méridienne. Comme tous les samedis, les membres de l'équipe vont déjeuner ensemble dans une cafétéria à la sortie de la ville. Jusqu'à présent, Christina n'avait jamais accepté : elle aime sa tranquillité et supporte parfois difficilement les contacts tactiles avec d'autres personnes, surtout les hommes. Manque de chance pour elle, son chef, Francesco, un Italien pur souche, aime les accolades et les coups de main dans le dos. Si elle ressent bien que ses gestes sont réalisés sans arrière-pensée, elle ne peut s'empêcher d'en être gênée et de trouver ces petits contacts extrêmement désagréables. Face à son mutisme et à sa moue peu intéressée, Malicia ajoute :

— S'il te plaît, tu ne te joins jamais à nous ! Promis, ce sera sympa, tu verras ! On s'amuse bien ! ça détend ! Et ça permet de nous connaître un peu plus ! Depuis le temps que tu es là… on ne demande que ça !

D'ordinaire Christina mange rapidement un repas froid qu'elle s'est préparé la veille. Parfois elle opte pour la facilité en s'achetant sur place un sandwich ou une salade, mais elle doit avouer qu'elle s'en lasse, et les gargouillis de son estomac ne l'aident pas à refuser, ni le regard quasiment suppliant de sa collègue.

— C'est d'accord, Malicia, mais je ne te dis pas que je me joindrai à vous toutes les semaines !

— C'est entendu ! Ce n'est pas grave, je suis contente ! s'exclame-t-elle.

Christina est surprise, mais aussi touchée, de voir sa collègue si joyeuse à l'idée qu'elle se joigne à eux. Aurait-elle invité avec autant d'entrain la Christina parisienne ? Certainement pas. Sauf si elle avait eu quelque chose d'important à lui demander, ou si elle avait voulu se montrer en bonne compagnie : c'était toujours bon pour l'image. Elle ne peut pas s'empêcher de trouver que cette invitation, aussi banale soit-elle, est comme une petite victoire.

L'équipe se retrouve une vingtaine de minutes plus tard autour d'une table, visiblement réservée. Certains sont venus ensemble, Christina a préféré prendre sa voiture, seule, prétextant le besoin de s'arrêter au retour pour faire une course. Assise, droite comme un piquet, la jeune femme joue avec ses pouces, les mains posées sur les cuisses, signe de nervosité. La salle est déjà bien remplie et un léger brouhaha s'élève des tables alentour. Une légère odeur de grillé vient lui chatouiller les narines : la jeune femme esquisse une grimace en imaginant le parfum qui restera collé à ses vêtements pour le restant de la journée.

La cafétéria est située au fond d'un centre commercial, une zone dépourvue de fenêtres. Seuls les néons jaunes apportent un éclairage artificiel. Pour y accéder, il leur faut passer devant l'hypermarché dont la surface doit faire deux ou trois fois celle de leur supérette. Étrangement, la cohabitation entre les deux enseignes se passe bien.

Le serveur, qui a l'habitude de les recevoir et qui connaît leur impératif horaire, vient rapidement prendre leur commande. Ils sont six. Christina est assise en face de Malicia et, si elle a réussi à ne pas prendre place à côté de son chef, c'est tout de même un homme, Patrick, qui est venu s'asseoir à sa droite, la seule place restante à son arrivée. Il est magasinier, même s'il lui arrive parfois de passer en caisse. Deux autres collègues sont présentes : Mireille et Patricia. Deux femmes d'une cinquantaine d'années avec lesquelles elle échange parfois quelques mots, rien de bien intéressant. Finalement, il n'y a qu'avec Malicia, qui se montre toujours très avenante, qu'elle a déjà franchi le cap des salutations de politesse. Quand Christina se trouve face aux autres collègues, elle a toujours cette sensation désagréable d'être jugée : une blessure de son ancien métier.

Après avoir lu et relu la carte des plats, elle commande le plat de jour, comme le reste de l'équipe : *les pâtes divines de la mer*, un nom un peu pompeux pour désigner des pâtes avec quelques fruits de mer. Le chef commande une bouteille de vin blanc pour accompagner le repas, prétendument pour fêter la présence de Christina avec le reste de l'équipe. La caissière rosit, se demandant si c'est vraiment ça la raison ou s'ils ont tout simplement l'habitude de boire un verre d'alcool lors de ce repas hebdomadaire.

Le premier quart d'heure passe, mais elle ne se sent toujours pas à l'aise, un peu à part. Ses collègues s'entendent tous bien, seul Patrick, son voisin, est plutôt mutique, comme à son habitude. Comme ils n'ont jamais échangé plus de quelques mots depuis qu'elle est embauchée, cela rassure Christina de le voir ainsi : ce n'est pas elle qui est la cause de ce silence.

Les pâtes arrivent. Christina, spectatrice silencieuse, n'a pas eu besoin de décrocher un mot. Son estomac gargouille de faim, mais elle préférerait être ailleurs et regrette d'avoir accepté l'invitation. Elle se sent vraiment étrangère dans ce groupe et elle a conscience de ne pas y mettre beaucoup du sien. Si d'ordinaire, elle discute pendant la pause-café avec Malicia, elle est perturbée par le comportement qu'elle juge un peu excentrique de son patron. Il parle fort, lève toujours les bras en l'air pour ponctuer ses phrases, pose souvent ses mains sur les épaules de ses deux voisines, qui ne s'en offensent pas. Christina apprécie d'avoir pour voisin le vide d'un côté, et le magasinier qui reste coi de l'autre.

Le plat est correct, même si la jeune femme n'apprécie pas de sentir les grains de sable entre ses dents quand elle croque les crustacés. Pourtant, tout le monde semble se régaler, à moins que personne n'ose émettre un avis négatif : elle a compris au détour d'une conversation que le chef cuisinier est le frère de son patron. Patrick, quant à lui, a déjà gobé la moitié de son assiette. Alors qu'elle porte le verre de vin à sa bouche, elle manque d'avaler de travers quand Malicia s'adresse à elle :

— Et toi, Christina, on ne te connaît presque pas. Tu travaillais où, avant ? Tu as des enfants ?

La jeune femme reste quelques secondes interdite, ne sachant quoi dire, et se complaisant jusque-là dans son rôle de figurante. Elle déteste être prise au dépourvu. Pourtant, elle sait bien que ce ne sont que des questions de politesse, le genre d'interrogation qu'on pose quand on veut en savoir plus sur la personne qui nous fait face, ou qu'on souhaite lui manifester un tant soit peu d'intérêt. Mais cette habitude française de toujours demander à une femme si elle a des enfants, comme si c'était une fin en soi, la dérange peut-être plus encore que ces regards qui se braquent sur elle. Alors qu'elle voit Patricia hausser un sourcil, signe que son silence est un peu trop long, Christina bégaie…

— Je… je…

Un drôle de bruit l'interrompt. Elle tourne la tête vers son voisin qui émet un son étrange, une espèce de grognement, presque bestial, à faire pâlir les moins téméraires dans l'obscurité.

— Patrick ! Patrick, il se sent mal !

Elle a plus hurlé sa phrase qu'autre chose, pressentant l'urgence de la situation. L'homme a les joues rouges et porte les mains à sa gorge, ouvre la bouche sans que rien n'en sorte : l'air lui manque, il s'étouffe. Sans réfléchir, Christina se lève, se place derrière la chaise de son collègue, lui incline le buste en avant en prenant soin de ne pas le brusquer tandis que Mireille pousse ce qu'il y a sur la table. Puis, la jeune femme place son poing droit au-dessus du nombril de l'homme qui s'agite de plus en plus, pose sa seconde main sur son poing avant d'enfoncer ce dernier vers elle, en remontant vers le haut, une première fois, puis une seconde. À ce moment-là, un morceau noir s'échappe de la bouche de Patrick pour finir son trajet sur la nappe. C'est avec soulagement que Christina relâche son étreinte et entend son collègue reprendre avec difficulté une grande inspiration.

— Une coquille de moule cassée ! s'étonne Malicia en regardant l'objet dégoulinant de bave alors que Mireille laisse échapper un « beurk » d'écœurement.

Finalement, je m'en suis plutôt bien sortie avec les grains de sable, songe Christina.

— Il semblerait que nous ayons une héroïne parmi nous ! s'exclame Francesco, sans s'inquiéter de l'état de son salarié.

Au même moment, une nuée d'applaudissements retentit dans la salle. Christina, qui ne lâchait pas des yeux son collègue qui respire enfin calmement, lève alors la tête et constate qu'un petit attroupement s'est formé autour d'eux.

Gênée, elle balbutie quelque chose qui ressemble à un remerciement, puis elle se rassied sur sa chaise et tente de reprendre ses esprits. Elle a chaud et imagine que ses pommettes ressemblent à deux pommes rouges. Tout est allé tellement vite ! Elle est elle-même surprise de la rapidité avec laquelle elle a enchaîné ses gestes, surprise aussi – et un peu fière, même si elle préférait que les circonstances soient différentes – d'avoir pu poser ses bras autour du corps d'un homme sans ressentir une peur panique la submerger.

— Je n'ai rien fait d'exceptionnel, souffle-t-elle comme si elle devait s'excuser, alors que les compliments fusent à table, j'ai suivi une formation aux premiers secours il y a quelques années… Et je m'en suis aperçue la première, c'est tout, j'étais à côté : n'importe qui aurait été capable d'en faire autant…

Alors que les clients retournent à leur table, un homme en costume se dirige vers Christina, tandis que le serveur propose un verre d'eau à Patrick et s'enquiert de son état. Il ne faut pas longtemps à l'héroïne du jour pour comprendre qu'il s'agit du frère de Francesco tant leurs visages sont ressemblants, à une exception capillaire près : le cuisinier est plus dégarni sur l'avant du crâne que son frère.

— Bonjour madame, je suis Tristan Molier, le directeur et chef cuisinier de l'établissement. Nous tenons à vous remercier pour votre acte de bravoure, et offrons le repas à toute votre table.

— Je… c'est gentil, merci !

Un acte de bravoure, il y va fort, tout de même ! Il veut certainement marquer le coup devant ses clients, afin que ces derniers gardent le geste commercial en tête.

— Oh, ça va, elle n'a pas fait la guerre, non plus, s'agace Patricia.

Surprise par le ton employé, Christina regarde sa collègue qui détourne aussitôt la tête.

— On se souviendra de la première fois où tu es venue déjeuner avec nous ! s'amuse Malicia, comme si elle n'avait pas entendu les propos de Patricia.

Le directeur, qui était allé échanger quelques mots avec son frère, reprend, en regardant cette fois-ci Patrick, d'un ton solennel :

— Nous vous présentons nos plus humbles excuses, monsieur, pour la présence de cette coquille cassée dans votre assiette. Il s'agit d'un malencontreux accident. Soyez certain que cela ne se reproduira plus. Pouvons-nous vous offrir autre chose ? Un autre plat ? Un dessert ? Une boisson ?

L'intéressé tourne la tête de gauche à droite, ajoutant d'une voix faible et cassée que l'épisode lui a coupé l'appétit. Le directeur conclut par un hochement de la tête en affirmant qu'il comprend, bien qu'il le regrette, s'excuse une dernière fois platement et quitte l'assemblée.

Christina ne peut s'empêcher de trouver que tout cela forme un étrange spectacle dont elle se serait bien passée. Enfin, elle sent une main se poser sur son épaule. La jeune femme sursaute et regarde Patrick, encore sonné par ce qui lui est arrivé. Il retire sa main aussitôt et déclare :

— Merci ! Sans toi…

Son visage est blême, mais ses yeux pétillent de reconnaissance.

— Je t'en prie, n'importe qui à cette table aurait fait la même chose ! J'étais la plus proche, c'est tout !

Christina sait que ce n'est pas forcément la vérité, pour la simple et bonne raison que tout le monde n'a pas suivi de formation de premiers secours, mais elle est convaincue de n'avoir aucune gloire à retirer de ce genre d'événement.

7
Juliette

— Il est déjà 6 heures moins dix ! Tu as essayé de le joindre ?

— Oui, déjà trois fois, mais il ne décroche pas !

— C'est peut-être signe qu'il est au volant…

— Je l'espère !

Fatima et Juliette attendent impatiemment le conteur. D'ordinaire, il arrive toujours vers 17 heures 30, arguant qu'il aime s'imprégner des lieux, même s'il les connaît déjà bien, avant de commencer son intervention.

Des voix aiguës et enfantines résonnent. Les enfants sont déjà installés en demi-cercle sur des tapis en mousse colorés, face à la chaise vide. Ce sont toujours les mêmes. Certains sont accompagnés par leurs parents ou leurs grands-parents et les doudous, plus ou moins usés, ne sont jamais très loin des plus petits. Parmi les adultes, un homme plutôt charmant d'une cinquantaine d'années à la carrure carrée et aux cheveux poivre et sel intrigue Juliette : il ne semble pas accompagner d'enfant. Ce n'est pas la première fois qu'elle le voit, d'ailleurs, il est fidèle au rendez-vous. La jeune femme l'a déjà observé à plusieurs reprises, et à aucun moment elle n'a vu l'un des bambins venir se lover dans ses bras, comme ils le font souvent. Ensuite, une fois les contes terminés, il s'attarde entre les rayons de la médiathèque. Souvent, il est encore là quand Juliette quitte les lieux.

Fatima compose une nouvelle fois le numéro de téléphone et écoute les tonalités qui résonnent dans le vide. Où diable peut-il être ? Fataliste, alors que l'horloge de l'église sonne les 18 heures, elle finit par déclarer :

— On n'a pas le choix. Je crois que tu dois t'y coller. Moi, je suis une très mauvaise lectrice, je bute sur chaque mot dès que je lis à voix haute.

— Quoi ? Comment ça ? commence à paniquer Juliette en comprenant ce que sa collègue lui demande.

— On ne va tout de même pas renvoyer tout le monde chez soi ? Ce serait un comble, pour une simple lecture… En plus, ils risquent de se mettre à pleurer… Tu sais que plus ils sont jeunes, plus ils sont exigeants, s'amuse Fatima.

— Si ce n'est qu'une simple lecture, vas-y ! Lance-toi ! Honneur à l'ancienneté !

— Oh, ce n'est pas un argument, ça ! Tu sais très bien que je ne peux pas, je viens de te le dire : je bégaie quand je stresse… et quand je dois lire en public, je stresse… alors, je bégaie, et je stresse encore plus, et je bégaie… Et…

— Fatima…

— Et on ne peut pas comprendre ce que je raconte. S'il te plaîîîît !

Elle la regarde d'un air suppliant, auquel Juliette n'arrive pas à résister.

— Oui, oui, c'est bon ! Tu as gagné, Madame *je bégaie quand je stresse*... Je vais choisir un livre ou deux, au cas où...

Au même moment, la sonnerie du portable de Fatima retentit. La femme décroche rapidement, s'éloigne un peu. Juliette la voit hocher la tête plusieurs fois, puis raccrocher, avant de revenir vers elle :

— C'est lui ! Il ne peut pas venir, une histoire d'affaire familiale urgente.

— Mince, tu sais ce qui lui arrive ?

— Il ne m'en a pas dit plus, et tu te doutes bien que je n'ai pas demandé. Il m'a seulement dit que ce n'était pas grave, mais très important.

— C'est peut-être une histoire d'héritage, s'amuse Juliette.

— Peut-être... Mais ça veut dire que...

Une nouvelle fois, elle affiche une moue suppliante.

— Oui, oui, j'ai compris, conclut Juliette, vaincue.

Quelques minutes plus tard, celle-ci fait face à la petite foule qui s'agglutine devant elle, un livre présentant une adaptation du célèbre conte de *Boucles d'or et les trois ours* entre les mains. Elle affectionne particulièrement cette histoire qu'elle pouvait raconter des dizaines et des dizaines de fois à sa fille quand elle était petite, mimant avec joie les voix des différents protagonistes.

Alors qu'elle ouvre la première page, elle ne peut s'empêcher de rosir en voyant l'homme aux cheveux poivre et sel s'approcher lui aussi d'elle. Serait-il possible que ? Non, tout de même pas. D'ailleurs, il est trop vieux pour elle – même si, elle le concède, il a du charme. Beaucoup de charme, même, avec sa mâchoire un peu carrée et son regard sombre. Mais, alors qu'elle commence la narration de son histoire, il s'avance une nouvelle fois et se décale un peu vers la gauche. Surprise et curieuse, Juliette a dû mal à se concentrer et se rend compte qu'elle vient de lire pour la seconde fois la même phrase, devant les visages interrogatifs de ses jeunes auditeurs : c'est finalement elle qui bégaie. Alors qu'elle s'excuse et reprend la suite, un bruit retentit derrière elle. La jeune femme se retourne et aperçoit Fatima qui vient de faire tomber une chaise en balayant. C'est alors que le stratagème de l'homme prend tout son sens : il ne s'approche pas pour elle, mais pour Fatima ! À cause du grand pilier, il ne pouvait pas la voir… C'est d'ailleurs pour ça qu'il est encore là quand elle part ! Juliette sourit de sa méprise et se concentre sur ses personnages.

Au bout de trois histoires et d'une multitude de visages réjouis, la bibliothécaire déclare la séance réussie et levée. Une fois presque tous les enfants et les parents partis, elle en profite pour aller souffler un mot à Fatima concernant l'attitude mystérieuse de l'homme sans enfant, parti arpenter le rayon des livres policiers pour la deuxième fois depuis son arrivée.

— N'importe quoi. Tu lis trop de romans, réfute Fatima en levant les yeux au ciel. Je l'aurais remarqué, s'il s'intéressait à moi.

— Alors, pourquoi vient-il écouter les contes, puisqu'il n'a pas d'enfant ?

— Je ne sais pas, moi… Tu es bien curieuse ! Ce n'est pas interdit aux adultes, que je sache ? Il a bien le droit de faire ce qu'il veut… Il aime peut-être retomber en enfance… Et si cela t'intéresse tant que ça, pose-lui donc la question !

Juliette s'amuse de la réaction de sa collègue. Elle a bien vu ses joues rougir quand elle lui a parlé de l'homme et l'a sentie gênée. N'avait-elle vraiment pas remarqué son manège ? Elle en doute.

— D'ailleurs, tu n'as pas une soirée, toi ?

— Si, si, confirme Juliette en regardant l'heure affichée sur la vieille horloge murale. Il faut que je file !

Elle récupère ses affaires, embrasse sa collègue qui gère toujours les fermetures et quitte la médiathèque, non sans jeter un dernier regard à l'homme mystère…

8
Juliette

À 20 heures pile, Juliette est déjà devant le restaurant. Elle a eu le temps de prendre une douche, de changer ses vêtements, d'embrasser sa fille qui partait chez son amie et même de nourrir leur poisson rouge.

Elle déteste ne pas arriver à l'heure. Ça lui rappelle les jours où son père l'amenait en retard au collège, quand il rentrait tard du travail et qu'il avait du mal à émerger le lendemain. À peine la grille d'entrée franchie, Juliette avait l'impression de sentir sur elle les regards accusateurs des professeurs alliés aux airs moqueurs de ses camarades qui s'amusaient de cette situation devenue régulière. Bref, tout le contraire de son amie Samantha qui est, quant à elle, incapable d'arriver à l'heure. Sachant cela, Juliette pourrait prendre son temps, mais elle imagine toujours que, sur un malentendu, Samantha pourrait finir pas devenir ponctuelle… et l'idée que son amie puisse arriver avant elle lui semble insupportable. C'est pour cette même raison qu'elle refuse de lui donner rendez-vous une demi-heure plus tôt que l'heure prévue : le fameux *on ne sait jamais*, et qu'elle continue d'arriver avec quelques minutes d'avance.

Elle a un peu froid, dans sa petite robe noire et ses collants opaques, même si elle a enfilé un gilet par-dessus. L'été se rapproche, mais les températures restent un peu basses le soir. Heureusement qu'elle a pensé à enrouler un foulard autour de son cou.

Un homme est là, en train d'attendre lui aussi. Son pied droit martèle le sol, frénétiquement. Il porte un jean brut, une chemise bleue avec des petits motifs qu'elle n'arrive pas à identifier ainsi qu'une veste en tweed à carreaux marron clair et beiges qui lui donne un côté vintage. Enfin, une paire de lunettes rondes cache en partie son regard et une étrange moustache en crocs, dont il n'arrête pas de toucher les extrémités, lui mange une partie de la lèvre supérieure. Il doit certainement avoir une trentaine d'années. Juliette se demande, amusée, si c'est un descendant de Salvador Dali. L'homme regarde partout autour de lui, aux aguets, et passe son temps à consulter l'écran de son téléphone : Juliette imagine qu'il a un rendez-vous amoureux et que sa promise est en retard... Au moment où son téléphone sonne, il sursaute. Rapidement, son visage se crispe quand il lit la notification qui s'affiche sur son écran.

Quand il relève la tête, Juliette tourne la sienne pour regarder son téléphone qui vient, à son tour, de sonner : c'est un message de Samantha :

Entre et installe-toi, on sera un petit peu en retard ! J'ai réservé à mon nom !

Juliette soupire. Quand elle relève la tête, elle voit le descendant du peintre espagnol se faufiler dans la salle de restaurant : elle le suit. Ils n'attendent que quelques secondes avant qu'un homme vienne leur demander le nom de leur réservation, s'imaginant certainement se trouver face à un couple :

— Fouillon ! déclarent-ils en même temps.

L'homme se tourne vers Juliette, qui reste quelques secondes bouche bée devant lui. Il fronce les sourcils, puis reporte de nouveau son attention sur le serveur.

— Très bien, suivez-moi ! conclut ce dernier sans en demander davantage.

Juliette emboîte le pas de l'homme, non sans commencer à trouver la situation louche : ils avaient visiblement rendez-vous à la même heure, ils ont reçu un message à quelques secondes d'intervalle, et ils ont tous les deux une table réservée au nom de son amie… qui n'en serait pas à son premier coup fourré. Les doutes s'envolent quand le serveur désigne à Juliette et à l'inconnu la table qui leur est destinée et qu'elle se rend compte que cette dernière n'est dressée que de deux couverts.

Non, Samantha, tu n'as tout de même pas osé…

— Votre amie Samantha vous offre l'apéritif, ajoute le serveur avant de repartir, un sourire aux lèvres.

Si, elle a osé.

Juliette fulmine et ne quitte pas du regard les deux assiettes, posées l'une en face de l'autre, séparées par un bouquet de fleurs séchées du plus mauvais goût. Elle déteste quand on cherche à la caser à tout prix, comme si elle n'était pas capable de trouver quelqu'un toute seule ou comme si le célibat était une tare. Certes, ce n'est pas la première fois que Sam se sert d'un dîner pour lui présenter quelqu'un, mais là, elle fait fort en ne prenant même pas la peine de venir… Puis, comment peut-elle croire que cet homme pourrait lui plaire ? Elle les aime tellement moins… ou plutôt plus… enfin, pas comme lui, tout simplement.

Non, vraiment. Cette idée de dîner est absolument ridicule. Elle compte aller le lui dire de vive voix sur-le-champ et, pour commencer, prendre aussi congé de ce prince qui n'est pas à son goût. D'ailleurs, était-il au courant de quelque chose ? Certainement. Il n'y avait qu'elle qui était assez crédule pour se faire avoir. Comment a-t-il pu accepter de tremper dans une telle combine ?

Elle lève enfin la tête vers l'homme, toujours debout, qui tapote sur son téléphone portable à toute vitesse. L'expression de son visage la surprend : ses traits sont fermés, lui aussi semble en colère. Mais alors… Se pourrait-il qu'il soit, lui aussi, une victime de ce coup monté ?

— Il semblerait qu'on nous ait joué un mauvais tour, finit par lancer Juliette face au silence pesant de l'homme.

Aussitôt il lève la tête vers elle. Son regard est noir, sa voix cassante et forte :

— Vous êtes dans le coup, c'est ça ? Vous vous êtes dit : « Oh, pauvre Boris, le pauvre copain d'Éthan qui vient de se faire larguer par sa femme après dix ans de vie commune ! Comme il doit être malheureux ! Comme il doit faire de la peine ! » Mais vous ne vous êtes pas dit que j'avais envie d'être seul ? Vous n'imaginez pas qu'on puisse vouloir aller à son rythme après une rupture, et merde si cela ne convient pas aux autres ? Je suis libre de faire les choses comme je l'entends ! Puis une escort-girl, franchement ! Où va-t-on ? Je ne suis pas désespéré à ce point ! Allez-vous-en : vous terminez votre service plus tôt ce soir, et rassurez-vous, il vous paiera.

Des regards amusés et curieux se posent sur eux. Juliette rougit. Éthan est le nouveau petit ami de Samantha. Visiblement, il aime lui aussi jouer les entremetteurs.

La jeune femme reste bouche bée face à ces répliques auxquelles elle ne comprend pas grand-chose, si ce n'est qu'elle a face à elle un homme qui s'appelle Boris, fraîchement largué, à cran, et surtout… qu'il la prend pour une escort-girl ! Mais sérieusement ! Elle ? C'est vrai qu'elle a enfilé une robe noire cintrée et qu'elle s'est mise sur son trente et un, mais de là à penser qu'elle est payée pour passer la soirée avec lui… Cela dit, c'est plutôt flatteur pour elle. Les escort-girls sont souvent de belles femmes. Mais elle comprend sa colère.

Étonnamment, malgré la soufflante qu'elle vient de se prendre pour une idée à l'origine de laquelle elle n'est pas et les moqueries qui lui parviennent des autres tables, la situation la soulage et l'amuse. Boris lui paraît même aussitôt plus sympathique. Alors que son regard noir ne la quitte pas, Juliette commence à sentir un fou rire la gagner et essaie de se retenir en se mordant l'intérieur de ses joues.

— Ça vous fait rire ? vocifère-t-il.

Raté. Elle n'a jamais été bonne pour dissimuler ses émotions. Juliette part dans un énorme fou rire qu'elle ne parvient pas à contrôler, sous le regard éberlué de Boris et des quelques autres personnes attablées autour d'eux.

Au bout d'un moment, alors que Boris ne semble ni décolérer ni pressé de partir, elle parvient à se ressaisir et lui propose de s'asseoir.

— Buvons-le, cet apéritif, maintenant que nous savons que ni l'un ni l'autre ne cherche l'âme sœur. Enfin, si vous voulez bien boire un verre avec une femme qui n'accompagne pas les hommes dans la vie, mais les livres : je ne suis qu'une simple bibliothécaire, rien de plus ! Je ne cherche pas à arrondir mes fins de mois avec ce genre d'activité… dépaysante. Promis !

Le visage de Boris change d'expression au fur et à mesure de ses paroles, sous le regard toujours amusé de Juliette.

— Vous… vous n'êtes pas dans le coup ? Vous ne travaillez pas pour une quelconque agence ?

— Non, du tout, promis. Je m'appelle Juliette et je suis, ou j'étais, j'avoue que ce soir je ne sais plus trop, l'une des meilleures amies de Samantha.

La face de son interlocuteur se décompose.

— Oh, mon… mon Dieu, je suis navré… Je pensais vraiment que… enfin, comme c'est bientôt mon anniversaire et comme Éthan m'avait parlé d'une grosse surprise… Pardon, pardon, je suis navré. C'est terriblement gênant.

Boris pose une main sur son front puis se gratte la moustache, tout en tournant la tête de gauche à droite : il s'en veut vraiment.

— Il n'y a rien à pardonner, nous nous sommes fait rouler tous les deux. Mais j'ai une petite idée de vengeance, si vous êtes partant bien évidemment. Allez, installons-nous.

Cette fois-ci, Samantha est allée trop loin. Il faudra qu'elle comprenne qu'elle ne peut pas toujours s'immiscer dans la vie des autres, même si cela part d'une bonne intention.

9
Christina

La journée de la veille a été plus éprouvante que prévu. Christina se serait bien contentée du petit incident survenu au restaurant le midi, mais non : il a fallu qu'on en parle dans la presse locale, et même à la radio. Visiblement un journaliste était présent dans le restaurant alors qu'elle déjeunait avec ses collègues. Il n'a pas pu s'empêcher de publier une heure plus tard un article sur l'étouffement de Patrick, « *sauvé in extremis* » par sa voisine de table et collègue, « *une femme d'une cinquantaine d'années qui ne paie pas de mine, mais qui s'est comportée d'une façon héroïque* ». Quelle présentation !

Tout l'après-midi, les clients, plus nombreux que d'habitude, n'avaient eu que cet incident à la bouche, au point que sa caisse ne désemplissait pas, contrairement à celle de Patricia qui devait commencer à trouver le temps long. Chacun y allait de son petit commentaire plus ou moins graveleux quand le mot « moule » venait dans la conversation, ce que Christina abhorrait. À force d'adresser des sourires forcés, elle en avait eu mal aux zygomatiques.

Patricia… Elle s'est justement montrée exécrable avec elle tout le reste de la journée, sans que Christina parvienne à savoir pourquoi. Est-ce parce qu'elle s'est jointe à eux pour le repas du midi ? Pense-t-elle que ce n'est pas encore sa place ? Christina ne comprend pas et, pour être honnête, cette situation lui déplaît. C'est la première fois qu'elle ressent une telle animosité à son égard, surtout d'une façon si franche. Oh, elle sait bien qu'elle pouvait être détestée dans son ancien travail, mais on n'aurait jamais osé le lui montrer : les conséquences professionnelles auraient pu être suffisamment importantes. Elle essaie de se dire que ce n'est peut-être qu'une impression, que ça arrive à tout le monde, d'être de mauvaise humeur, que ce n'est pas uniquement contre elle, même si les regards noirs de sa collègue lui prouvent sans cesse le contraire.

10 heures, le réveil sonne pour la seconde fois. Elle s'étire, puis se place sur le dos, les mains derrière la nuque. D'un pied, elle caresse le drap en soie et regarde les formes qu'impriment ses orteils. Elle aime la douceur de ce textile, un tissu léger, mais enveloppant, dans lequel elle peut se lover à loisir, mais, plus encore, ce qu'elle apprécie par-dessus tout, c'est de l'avoir pour elle toute seule. Si certaines personnes ne supportent pas de dormir seules, ce n'est vraiment pas son cas.

Christina paresse dans son lit. Elle a pris goût aux grasses matinées, elle qui dormait si peu avant : comme si son corps voulait récupérer du manque de sommeil accumulé pendant plusieurs années. Elle réfléchit à ce qu'elle fera dans sa journée, mais aussi, d'une façon plus étrange, à ce qu'elle ne fera pas :

comparer son planning actuel à celui qu'elle s'imposait quand elle était directrice de l'agence publicitaire lui procure maintenant un certain réconfort. Elle ne regrette rien, c'est une certitude.

Elle aime le dimanche. Elle apprécie de pouvoir se lever uniquement quand elle en a envie, de se faire un gros petit déjeuner en guise de repas de midi, de rester en pyjama et peignoir le temps qu'elle le souhaite, de partir se promener une heure ou deux dans les alentours, d'utiliser le reste du temps pour apprendre de nouvelles choses, sans contrainte. Sa dernière lubie en date ? La cuisine. Depuis qu'elle dispose de plus de temps, elle regarde à nouveau la télévision et est devenue une inconditionnelle des émissions culinaires : une chose qui peut paraître étrange puisqu'elle n'avait jusque-là jamais rien fait cuire d'autres que des pâtes ou versé des conserves dans une casserole, préférant commander ses repas chez n'importe quel traiteur. Mais elle s'est prise au jeu : la beauté des réalisations, les goûts qui semblent si délicieux… Serait-elle capable de créer quelque chose de beau et de bon ?

Dans un premier temps, elle a vite déchanté : sa première tentative a été un échec cuisant dont elle se souviendra longtemps. Elle avait voulu préparer un filet mignon à la moutarde. Elle avait badigeonné soigneusement de moutarde le morceau de viande, qui était resté à température ambiante pendant deux heures, avant de le poser dans un plat en verre et d'ajouter de l'ail. Une heure plus tard, une odeur étrange s'échappait de la cuisine. Quand elle avait ouvert la porte du four, un gros nuage de fumée noir lui avait sauté à la figure, la faisant tousser aussitôt. Le détecteur de fumée s'était activé, lui cassant les tympans. Elle avait dû monter sur une chaise pour le retirer et avait fini par enlever les piles, ne trouvant pas comment l'arrêter. La fumée lui piquait les yeux, elle pleurait et avait toutes les peines du monde à maintenir ses yeux ouverts et à regarder autour d'elle. Elle avait fini tant bien que mal par ouvrir la fenêtre de la cuisine pour dissiper la fumée, par tourner le robinet d'eau froide pour se rincer le visage et, enfin, avait contemplé le désastre : une masse noire gisait dans son plat en Pirex.

Le plat était resté trop longtemps au four (elle pensait qu'il était inutile de mettre un minuteur, après tout, elle était dans le salon, elle ne l'oublierait pas) et elle s'était trompée de thermostat : qui sait que 180 °C sont l'équivalent du chiffre 6 gravé sur le bouton du four, et non pas du 8 ? Après tout, ils ont un chiffre en commun ! Refusant de se laisser abattre, elle avait attribué l'erreur aux fabricants d'électroménager qui n'étaient pas capables de donner une échelle de température en degrés. Une fois refroidi, le filet, qui n'était vraiment pas mignon, avait fini dans un sac plastique : direction la poubelle extérieure. Un vrai gâchis. Pour se consoler, elle avait ouvert une bouteille de vin blanc liquoreux et avait commandé une pizza aux quatre fromages : il lui fallait au moins ça.

Depuis, elle avait réitéré l'expérience avec succès, passant la demi-heure de chauffe devant son four, ouvrant ce dernier de temps en temps afin de suivre la cuisson en direct. Elle avait lu après qu'il n'était pas conseillé d'ouvrir à tout bout de champ la porte du four puisque la chaleur s'en échappait, elle avait donc investi dans un minuteur qu'elle emportait partout dans la maison quand elle s'éloignait de la cuisine. Elle prenait plaisir à déguster les repas qu'elle se confectionnait, même si, parfois, elle aurait aimé pouvoir les partager avec quelqu'un. Elle avait bien pensé à inviter Malicia, sa collègue, mais elle avait peur que la discussion tourne court si elles découvraient qu'elles n'avaient pas d'atomes crochus.

10
Madelaine

9 heures, lundi matin. Après avoir passé son dimanche à réfléchir à l'avenir de son futur potager, Madelaine s'est décidée : elle aura, chez elle, de magnifiques légumes biologiques, sans pesticides et bons pour la santé. Elle sait déjà ce qu'elle y plantera : des choux, des salades, des tomates, des courgettes, des potirons, des radis, des poivrons et peut-être même des aubergines. Elle ne mange pas la moitié de ces légumes, mais elle trouvera bien des personnes autour d'elle qui en voudront. À moins qu'elle ne les vende au marché ? Ça pourrait lui faire un petit complément de retraite ! Avec toutes les hausses de prix qu'on lui impose et sa retraite qui n'augmente pas… Et pourquoi ne pas ajouter un ou deux arbres fruitiers ? Un pommier, un poirier, voire un cerisier ! Ou les trois ! Ça donnerait un peu de couleur ! Elle pourrait même se laisser aller à confectionner des tartes ou des pots de confiture, voire de la compote. Il n'y a pas à dire : l'idée l'excite terriblement.

La liste est sous ses yeux alors qu'elle tient contre son oreille le combiné de son téléphone fixe. Elle l'a préparée avec minutie la veille : d'abord des notes éparpillées sur une feuille de brouillon. Puis elle a recopié ces dernières proprement sur un nouveau cahier, qu'elle a intitulé « Mon jardin », en prenant soin de placer une feuille de papier buvard sous son poing pour ne pas faire de tache. Elle notera sur ce carnet l'évolution de son projet tous les dimanches matin. Elle qui commençait à se demander si elle ne devrait pas aller à l'église pour avoir un peu de compagnie et trouver le temps moins long – ce qui aurait pu être intéressant, mais Madelaine déteste tout ce qui a trait aux chants religieux, et plus encore à la religion en général – est presque soulagée.

Après de longues minutes d'attente et plusieurs appels depuis 7 heures du matin, au bout d'une cinquantaine de sonneries, un homme à la voix bougonne décroche enfin. Madelaine l'aurait aimé plus aimable, mais au moins elle a un interlocuteur prêt à l'écouter. Pourtant, après de longues minutes de conversation, ils n'avancent pas vraiment. Elle l'entend de temps en temps déglutir : il doit être en train de manger.

— Vous préférez un potager en carré ? Sur terrasse ? Sur butte ?

Un bruit de tasse en porcelaine, cette fois-ci, résonne dans le combiné : il doit prendre son petit déjeuner.

— Euh, je ne sais pas, bégaie Madelaine, tout en regardant la feuille découpée deux jours plus tôt dans le livre de la bibliothèque et qui ne mentionne pas d'autre forme que le fameux « carré ». Mettez-moi le plus cher, il faut venir me le livrer.

Soupir au bout du fil. Et bruit de tasse.

— Ça dépendra de la dimension aussi, madame. Vous avez quelle superficie ?

— Moi ? s'étonne la vieille dame avant de répondre. Je mesure un mètre soixante-cinq, peut-être un mètre soixante-trois ou soixante-deux, maintenant, avec mon dos qui se voûte, je ne me suis plus mesurée depuis longtemps vous savez, pour soixante-sept…

— Mais, non, madame, pas vous ! Je ne parle pas de vos mensurations, mais de la superficie que vous avez pour poser votre carré potager !

Le ton est sec, la voix agacée. Il a dû se lever du mauvais pied. Pour autant, cela n'entame pas la bonne humeur de notre octogénaire.

— Ah ! pouffe-t-elle. Je ne sais pas, je ne l'ai jamais mesuré… Vous voulez que je compte le nombre de pas peut-être ? On peut compter, en pas. J'ai déjà entendu ça. Ou alors c'était en pieds, je ne sais plus. Il faut diviser le nombre de pieds par trois, ou la taille, j'ai oublié ça aussi. Je peux y aller maintenant, mais je devrai poser le téléphone, le fil n'ira pas jusque là-bas. Oui, j'ai encore un vieux téléphone, mais rassurez-vous, il n'est plus à cadran, hi hi, même si j'en ai encore un quelque part, certainement à la cave. Je marche lentement, mais nous avons tout notre temps…

Nouveau soupir, qui s'apparente plutôt à un râle cette fois-ci. Visiblement, le vendeur n'est pas très patient. Il n'est que 9 heures et demie, elle devrait peut-être lui suggérer de changer de travail puisque celui-ci le rend aigri. Et par la même occasion de prendre son petit déjeuner avant d'arriver : ce n'est pas très poli de mâchouiller ainsi quand on a un client en ligne.

— Non, madame, ça ira. On partira sur du standard. Vous habitez en maison ou en appartement ?

— Ah ça, je sais : une maison ! Il y a un étage, mais je n'y vais plus : la faute à mes genoux, vous savez… C'est comme pour le grenier, je n'y monte plus non plus. D'ailleurs, j'ai demandé à mon fils d'aménager le bureau du bas en chambre. Ça a pris du temps, il était toujours occupé avec son travail, comme vous d'ailleurs, j'imagine, mais il a fini par trouver un petit moment pour sa maman chérie. Depuis, je n'ai plus besoin de monter les…

Nouveaux soupirs, qui suivent un raclement de gorge peu orthodoxe.

— Merci madame, j'en sais assez comme ça. On va dire un carré potager, de dimension moyenne. Vous souhaitez autre chose ?

— Oui ! Ce qu'il faut mettre dedans ! s'étonne Madelaine, un peu vexée d'avoir été une nouvelle fois coupée dans son élan.

— Vous pouvez être plus précise ?

— Des légumes enfin ! Et de la terre, enfin ce genre de chose ! C'est vous le vendeur ! Mais j'ai préparé une petite liste.

Et la voilà qui énumère : les courgettes, les salades, etc., ajoutant d'autres légumes qui lui passent par la tête au passage. De l'autre côté, elle n'entend pendant un moment que les « hum » de son interlocuteur, qu'elle imagine en train de noter.

— Ce sera tout ?

Madelaine est fière : elle a réussi à passer sa commande !

— Non, mettez-moi aussi un pommier : j'adore ces fruits ! Et un cerisier !

— OK pour le pommier, mais le cerisier, on n'en a plus, il faudra repasser commande.

— Ah ? Non, ça ira, tant pis. Le montant de la commande est suffisant pour que je sois livrée ?

— Oui, oui, largement. Du terreau ? demande-t-il en ajoutant un soupir.

— Pardon ? Du thé ? Je pensais que vous buviez du café.

— Non, madame, je vous demande si vous voulez du terreau, s'agace-t-il. Vous n'allez pas mettre les graines seules dans le carré potager, il faut de la terre, vous ne croyez pas ? Et le terreau, c'est de la terre végétale enrichie. Ou alors vous en avez déjà ?

— Désolée, je suis un peu dure de la feuille parfois. Je n'en ai pas, non, ajoutez-en, le nombre de sacs qu'il faut, je vous fais confiance.

Quelques minutes plus tard, elle raccroche après avoir donné le numéro de sa carte bleue. Certes, son fils lui a déjà dit de ne jamais le faire, mais il fallait bien qu'elle paie le monsieur, sinon elle pouvait dire adieu à ses rêves d'indépendance potagère et de vendeuse bio sur le marché. Elle en est convaincue : « made in Madelaine », ça claque !

Enfin, quand elle jette un coup d'œil à l'horloge, un sourire comblé s'affiche sur son visage : il est déjà 10 heures ! Un petit tour dans la salle de bains, une promenade dans la cité, un arrêt à la boulangerie, à la boucherie et chez le primeur, et il serait déjà l'heure de déjeuner. Vraiment, elle a eu une excellente idée.

11
Madelaine

Alors que Madelaine rentre de son marché, de bonne humeur, une grande camionnette patiente devant sa maison. Elle reconnaît au logo affiché sur le véhicule qu'il s'agit de l'enseigne de jardinage où elle a commandé son carré potager : quelle rapidité ! Elle l'a commandé il y a deux jours à peine. Elle pourra commencer à s'occuper ! L'homme sort de la camionnette au moment où elle s'approche de sa porte d'entrée.

— Madame Jorgeon ?

— Oui, oui, c'est bien moi !

— J'ai déjà essayé de vous appeler cinq fois ! maugrée le livreur, revêche. Ça fait dix minutes que je poireaute. La prochaine fois, je laisse tout en plan devant la porte d'entrée.

— Vous auriez pu appeler une sixième fois, cela n'aurait rien changé : je n'étais pas chez moi.

Elle se garde de dire que, vu son amabilité, elle l'aurait bien fait attendre dix minutes de plus. Décidément, la politesse n'est pas le fort de cette boutique. À croire qu'ils recrutent leurs salariés sur la base de leur mauvaise humeur.

L'homme la regarde, visiblement surpris par la repartie du petit bout de femme qui lui fait face. Elle lui tourne le dos et pénètre dans sa maison.

— Je vous pose ça où ? demande le livreur sur un ton toujours peu plaisant.

— Dans les toilettes ! déclare-t-elle en se tournant vers lui et en riant intérieurement du visage ahuri qui lui fait face.

— Mais non enfin, reprend-elle. Sur la terrasse ! Je ne vais tout de même pas planter mes légumes dans la cuvette des W.-C. ! Ce serait trop petit !

Quelques mots s'échappent de la bouche du vendeur alors qu'il repart ouvrir la porte arrière de sa camionnette. Il en sort un premier grand carton qu'il fait passer avec difficulté dans le premier couloir qui mène au salon. Face à lui, la baie vitrée qui donne sur la terrasse est déjà grande ouverte. À sa droite, une cuisine séparée du salon par un îlot central.

— Attention à ne pas abîmer quoi que ce soit ! s'inquiète Madelaine tout en s'activant en cuisine pour préparer un café.

Nouveaux grognements de la part du vendeur, qui est déjà reparti en sens inverse. Au bout de quatre allers-retours, auxquels Madelaine ne prête pas vraiment attention, l'homme arrive avec un papier qu'il lui demande de signer.

— C'est pour confirmer que tout a été livré.

Madelaine regarde la feuille qu'il lui tend.

— Attendez, je n'ai pas mes lunettes !

La vieille dame fait le tour de l'îlot d'un pas lent : ses hanches sont capricieuses ce matin. Puis, elle se dirige vers le buffet à l'opposé du salon, sur lequel repose sa paire de lunettes. L'homme, visiblement pressé, tape du pied.

— Où dois-je signer ? demande-t-elle alors qu'elle le rejoint.

— Là, indique-t-il en montrant une case du doigt.

Madelaine signe puis demande si elle peut lire le formulaire.

— Pour quoi faire ? De toute façon, vous avez signé, et moi j'ai autre chose à faire.

Il lui arrache la feuille des mains, se retourne, se dirige rapidement vers la porte d'entrée qu'il claque violemment derrière lui et la laisse en plan, le crayon encore entre les doigts.

— P'tit con, déplore-t-elle.

Puis elle regarde en soupirant le café s'écouler dans la cafetière : elle n'aime pas ça et n'en boit jamais. Dommage pour lui, il ne sait pas ce qu'il rate.

Une brise lui rappelle que la baie vitrée est encore ouverte. Impatiente à l'idée de voir ce qu'on lui a livré, elle pose le crayon sur la table et se rend sur la terrasse. Quelle surprise ! Face à elle se trouvent trois gros cartons et une sorte d'énorme sucette emballée dans un petit voile blanc.

Qu'est-ce que c'est ? Il y a forcément une erreur ! Alors qu'elle fait demi-tour dans l'espoir de rattraper le vendeur, elle entend la camionnette démarrer et partir en trombe. Pourquoi a-t-il fallu qu'elle se mette à préparer un café – qui ne servira à rien – alors qu'il déposait la livraison ?

Elle retourne sur la terrasse et se décide à y regarder de plus près, en commençant par l'étrange sucette. Elle défait le fil qui l'entoure puis déchire le voile fragile : c'est un arbre ! Un pommier, plus exactement ! Il est planté dans un grand pot marron. Elle ne se souvenait plus l'avoir commandé, mais maintenant, ça lui revient : heureusement qu'ils n'avaient plus de cerisier ! Elle ne l'imaginait pas si gros : où va-t-elle bien pouvoir le mettre ?

Ensuite, elle regarde les cartons à sa gauche. Avec difficulté, Madelaine s'abaisse pour ouvrir le premier, qui n'est fermé que par un morceau de scotch. Elle entend ses genoux craquer et grimace. À l'intérieur se trouvent plusieurs planches en bois ainsi qu'une feuille de papier : que peut-elle bien faire de ça ? Elle attrape la feuille et s'assied sur le petit tabouret placé derrière elle : c'est un guide de montage pour le carré potager ! Et mince ! Elle n'avait pas pensé qu'on pourrait lui livrer quelque chose qui n'est pas monté ! Comment va-t-elle faire ? Non, non, non : rien ne se passe comme prévu. C'est d'un air soucieux qu'elle contemple les deux derniers cartons à ouvrir. Elle prend une grande inspiration, se lève et s'approche d'eux : dans l'un, deux grands sacs de terreau : elle imagine qu'elle devra les vider dans le carré. Ça, à la rigueur, elle devrait pouvoir gérer. Quoique, ils semblent lourds… La contenance indiquée sur le paquet lui fait lever les sourcils : quarante litres… Elle ne sera jamais capable de porter ça ! Mais elle pourra toujours ouvrir le sac et le vider à l'aide de petits seaux. Ça lui prendra du temps, mais c'est justement ce qu'elle cherchait. Enfin, dans le dernier, se trouvent une vingtaine de plants de différentes espèces à repiquer.

La tâche s'annonce plus ardue que prévu.

12

Juliette

— Vous auriez pu éviter les langoustes quand même…

Juliette sourit en lisant le SMS de Samantha, finalement bonne joueuse, alors qu'elle se rend à pied à son travail. Oui, ils auraient pu éviter de prendre des langoustes, mais aussi les pinces de tourteaux, les gambas, les crevettes et l'excellent vin blanc qui les accompagnaient. La coupe de champagne en guise d'apéritif n'était peut-être pas nécessaire non plus, comme la tarte aux fruits, succulente soit dit au passage, en dessert et le digestif, qu'elle a à peine entamé. Ou alors, ils auraient pu payer une partie eux-mêmes au lieu de demander que la note soit réglée intégralement par Samantha, bien connue du restaurant. Mais Juliette comme Boris ont voulu marquer le coup, ils vouaient être sûrs que leurs amis comprennent qu'ils devaient arrêter avec leurs tentatives puériles et vaines de vouloir les caser à tout prix. Bref, ils n'y étaient pas allés de main morte. Néanmoins, elle devait avouer qu'elle avait passé une soirée plutôt agréable et que Boris pouvait être charmant, même si aucune magie n'avait opéré. Ils s'étaient quittés cordialement, toujours un peu fâchés contre leurs amis, mais paradoxalement heureux du moment partagé.

Quand, le lendemain, Samantha lui avait demandé comment s'était passée la soirée, Juliette lui avait répondu par un mystérieux.

Tu le découvriras bientôt par toi-même

qui avait certainement dû émoustiller la jeune femme : Juliette était sûre qu'elle recevrait son message comme l'annonce d'une relation entre Boris et elle. Le coup de téléphone du serveur ce mardi matin a dû lui remettre les pieds sur terre. Rapidement, elle tape à son tour un message :

La prochaine fois, on fait le repas
au champagne, on ajoute un second digestif,
on offre une tournée générale et je prends
des plateaux-repas pour la maison.

La réponse ne se fait pas attendre :

OK, j'ai pigé.

Suivie rapidement d'un autre message :

Mais il avait de beaux yeux tout de même, non ?
LOL ! Bises à Rox' !

Juliette lève les yeux au ciel en glissant son téléphone dans la poche de sa veste : elle vient d'arriver à la médiathèque. Elle apprécie beaucoup Samantha, elles se connaissent depuis l'enfance, mais elles ne se comprennent pas toujours. Il faut dire qu'elles sont assez différentes – enfin, qu'elles le sont devenues. Les deux jeunes femmes se sont rencontrées au lycée. Elles ont passé des heures et des heures ensemble, en soirée, partageaient le même goût pour la musique, les concerts et les fêtes arrosées. Sam était d'ailleurs déjà allée voir plusieurs fois Juliette quand elle tournait avec Apologize, le groupe de rock de Télémaque, le père de Roxane. La seule chose qui les opposait à l'époque, et qui les oppose encore maintenant, était leurs relations avec les hommes. Juliette rêvait du prince charmant tandis que Samantha préférait papillonner, ce qui est toujours le cas. Lors de la grossesse de Juliette, Sam avait toujours été là, après l'accouchement aussi, et elle faisait une marraine adorable pour Roxane. Mais Juliette a vite été débordée entre la reprise de son travail et l'éducation de sa fille : leur amitié en a pâti.

Elle hésite à répondre, puis se retient. Oui, c'est vrai qu'il a de beaux yeux, des yeux bleus qui tirent un peu sur le vert, mais deux belles billes rondes ne font pas tout. Son regard lui rappelle celui de Télémaque, qui est aussi son seul et unique réel amour. Et la moustache… Non, vraiment, ce n'était pas pour elle.

Télémaque et Juliette, quant à eux, s'étaient rencontrés à un concert en plein air, un 21 juin, sur la Grand-Place de Lille. La ville était en fête, des animations étaient improvisées à tous les coins de rue. Chanteuse solo, Juliette venait de terminer sa performance quand elle l'avait croisé alors qu'elle partait rejoindre des amies. Elle avait d'abord été attirée par quelques notes de musique avant de poser son regard sur lui : il jouait dans un groupe de rock. Elle avait tout de suite été séduite par ses prouesses musicales, mais aussi par son sourire. Elle ne l'avait pas quitté des yeux tout au long du concert, hypnotisée par ses riffs de guitare, oubliant complètement de rejoindre ses amies. La foule était tellement dense qu'à aucun moment elle ne s'était imaginée qu'il puisse la voir. C'est à regret qu'elle l'avait quitté quand le groupe avait cédé sa place au suivant. Par un étrange hasard toutefois, ils s'étaient retrouvés plus tard dans la soirée dans un café. Il l'avait reconnue et lui avait offert un verre. Elle se souvient encore des papillons qui frémissaient dans son ventre et de son cœur qui battait à tout rompre : jamais elle n'avait ressenti autant d'émotions. Elle bégayait face à lui, ne trouvait plus ses mots : il avait un tel regard ! Et sa bouche ! Deux petites lèvres à croquer. Elle était complètement charmée. Ils s'étaient aimés, passionnément, dès le premier soir. Quand il partait en tournée, elle n'attendait qu'une chose : le retrouver. Alors, quand il lui avait proposé un beau jour de remplacer Magdalena, leur chanteuse qui avait décidé d'arrêter les tournées, elle avait été ravie. Elle avait goûté pendant quatre mois à la vie dans un camping-car, aux kilomètres avalés dans la bonne humeur, aux répétitions et aux concerts jusqu'à l'aube, aux soirées alcoolisées, aux groupies qui ne cachaient pas leur admiration pour le beau guitariste. Mais Juliette n'était pas jalouse : elle a toujours été flattée de voir l'homme qu'elle aimait aussi adulé. Puis, il y a eu ce retard de règles, et ces nausées. Elle n'a pas tout de suite pensé à une grossesse, a mis tous ces signes sur le compte de la fatigue. Mais l'idée lui est venue de faire un test quand des larmes lui sont montées aux yeux alors qu'elle regardait une publicité pour des couches : sacrées hormones. Elle était déjà à huit semaines. Comme elle s'en doutait, Télémaque ne voulait pas d'un enfant : le groupe commençait à se faire une solide réputation : ce n'était pas le bon moment. Juliette, quant à elle, ne voulait pas avorter. Si avoir un bébé n'était alors pas dans ses projets, savoir qu'un petit être de quelques millimètres se faisait une place en elle lui avait fait voir les choses différemment. Ils en ont beaucoup parlé, se sont creusé la tête pour trouver la meilleure solution pour tout le monde. Télémaque commençait à se faire à l'idée d'être père, mais pas d'arrêter les concerts. Il lui a même proposé d'engager une nounou pour les suivre pendant les tournées afin que Juliette puisse rester avec eux, mais elle a refusé : un enfant a besoin de stabilité et de calme. D'ailleurs, le destin faisait bien les choses, puisque Magdalena voulait revenir, Juliette y voyait un signe. Depuis, elle ne regrette pas son choix et sa petite vie bien rangée. Elle a parfois des nouvelles de Télémaque, qui est toujours présent pour Roxane, même si c'est le plus souvent à distance.

Juliette ouvre la porte de la médiathèque avec une impatience non dissimulée, laissant derrière elle les histoires de crustacés. : ça y est ! Elle a enfin pu écrire le mot « FIN ». Son manuscrit est terminé. Elle a appuyé sur ces trois dernières touches avec une joie sincère et une certaine excitation. Cela lui a pris un peu plus de huit mois. C'est son bébé de papier, en somme, et cet accouchement-là n'a rien eu de douloureux, seule la gestation l'a parfois contrariée.

Écrire un livre, c'était un de ses rêves d'enfant. Elle en avait commencé, des livres, qu'elle avait abandonnés tout aussi rapidement. Se dire qu'à l'instar des autrices et auteurs qu'elle admire le plus, elle pourrait elle aussi coucher des mots sur le papier, insuffler une vie à des personnages sortis uniquement de son imagination parfois décalée était longtemps resté un vœu pieux et secret. Elle se sentait la mère de tous, leur confidente aussi. Elle aura été là à quelques moments importants de leur vie, et elle les quitterait avec le sentiment du travail bien fait, rassurée quant à l'avenir serein qui se profilerait pour chacun d'eux.

Dans son entourage, à part sa fille, personne ne sait qu'elle écrit, pas même Samantha. Elle ne sait pas vraiment expliquer pourquoi elle a voulu cacher ça : un mélange de honte, de sentiment d'infériorité, la peur de ne pas parvenir au bout de son défi : un peu de tout ça. Une fois qu'elle l'aura imprimé, elle pourra le relier, lui choisira une belle feuille de papier colorée en guise de couverture et le glissera dans sa bibliothèque, sur l'étagère du haut, là où personne ne jette jamais un coup d'œil. Mais elle, elle saura qu'il est là.

Quand la porte s'ouvre, cette dernière bute sur des cartons. Juliette comprend que la commande attendue samedi a dû être livrée la veille et récupérée par la femme qui passe faire le ménage : la médiathèque n'ouvre pas le lundi. Elle ferme la porte et constate que le carton est endommagé sur la partie droite : elle espère qu'il n'y a rien d'abîmé à l'intérieur. D'ordinaire, elle fait patienter le livreur et ouvre le carton avant de signer le papier confirmant la livraison et son acceptation. Si les livres sont en mauvais état, le colis repart. Cela lui est déjà arrivé une fois. Il y avait certainement eu une fuite d'eau dans l'un des entrepôts et le fond du carton avait été mouillé. L'eau s'était infiltrée à l'intérieur, imprégnant les pages des romans qu'il contenait. Résultats : des livres humides, gonflés et déjà un peu jaunis. Le livreur avait rejeté la faute sur le libraire, et inversement. Juliette avait eu toutes les peines du monde à se faire rembourser et la situation l'avait terriblement gênée, surtout vis-à-vis du libraire avec lequel elle s'entend bien, et de la bonne foi duquel elle était certaine.

Après avoir allumé les lumières et ouvert les volets roulants, Juliette se saisit du carton qu'elle pose sur le comptoir. Une fois en place, elle allume l'ordinateur ainsi que l'imprimante qui y est reliée, sort de son petit sac une clé USB qui contient son fameux manuscrit. Puis, elle insère cette dernière dans le port dédié de l'ordinateur, ouvre le document, vérifie la bonne mise en page et lance fébrilement l'impression.

L'imprimante crache les feuilles une à une, lentement. Par deux fois, un bourrage oblige Juliette à ouvrir la machine et à relancer l'impression. Une autre fois, c'est à cause d'un manque de papier que tout s'arrête. Entre-temps, la bibliothécaire a ouvert le carton. Une à une, elle sort les nouveautés, vérifie l'état de chaque livre, valide sur son document la bonne réception des ouvrages commandés. Alors que l'impression des deux cents feuillets se termine (bon sang, elle n'aurait pas imaginé avoir écrit autant !), tous les romans sont sur le comptoir, répartis en deux listes : à gauche ceux qu'elle a déjà informatisés, seulement deux, à droite, ceux dont elle devra s'occuper. Quand la dernière page glisse sur le réceptacle, la porte de la médiathèque s'ouvre sur Fatima, qui arrive un peu en avance. Juliette a tout juste le temps de prendre la dernière feuille, de l'ajouter aux autres qui sont face à elle sur le comptoir, de les glisser dans une pochette blanche qu'elle dissimule sous les deux livres déjà informatisés.

— Bonjour ! Eh bien, je vois que tu ne chômes pas ce matin ! sourit sa collègue en venant l'embrasser.

— Ce qui est fait n'est plus à faire, réplique Juliette, un sourire forcé aux lèvres pour essayer de dissimuler son embarras.

— La libraire passe dans une heure pour nous présenter une sélection de livres pour la prochaine réunion. Elle nous demande de faire un retour sur la précédente sélection : on s'y met à deux ? Ça ira plus vite !

— Elle aurait pu nous prévenir plus tôt, bougonne Juliette, surprise qu'elle s'y prenne si tardivement.

— Elle l'a fait, je t'en ai informée il y a quinze jours déjà…

Juliette rougit, prend le classeur dans lequel les listes de sélection sont rangées :

— Alors, au travail !

13
Madelaine

Les planches de bois sont sorties de leur carton : cela n'a pas été une mince affaire. Madelaine a aussi extrait une à une les plantes de leur emballage, les laissant toutefois dans leur pot de plastique – elle ne sait pas où les mettre de toute façon –, a aussi complètement ôté le voile qui entourait le pommier. Déjà épuisée par ces premières activités, la vieille dame a tout de même pris soin de tout arroser : une chance pour elle, un robinet d'eau extérieur a judicieusement été placé sur la terrasse par son défunt mari, comme s'il s'attendait à ce qu'il soit utile à Madelaine un jour. Elle ne peut pas s'empêcher de se dire qu'il doit bien se marrer, là-haut, de la voir ainsi.

Quand 11 heures sonnent, la vieille dame est toute chamboulée. Jamais la matinée n'est passée si rapidement. Elle qui se plaint toujours de trouver le temps long… mais elle n'est pas contente pour autant : elle a l'impression qu'on lui a volé deux heures de son temps à lui livrer des kits de pièces détachées. Elle a bien essayé de rappeler l'enseigne de vente, à deux reprises, mais les vendeurs sont formels : il est clairement indiqué sur la publicité que le carré potager est vendu en pièces. Le second s'est même un peu énervé et a fini par raccrocher au nez de la vieille dame quand elle l'a menacé d'un procès pour publicité mensongère ou arnaque à l'encontre d'une personne sénile si cela ne fonctionne pas : il faut bien que son âge avancé lui serve à quelque chose.

Mais ce qui est dur, surtout, c'est de réaliser à quel point elle est seule. Si elle parvient à se débrouiller dans la vie de tous les jours, dans des moments comme celui-ci, elle ne sait pas qui joindre pour pouvoir la dépanner et elle se sent vite dépassée. Elle a bien un fils, Julien, mais il est toujours pris par son travail d'éditeur et n'habite pas à proximité puisqu'il réside en banlieue parisienne. Elle le voit une fois par mois, parfois moins, mais il l'appelle tous les dimanches – enfin, l'appelait. Depuis quelques semaines, les échanges sont plus rares. En dehors de lui, elle n'a personne. Elle alterne alors entre des moments de détresse et d'autres où elle essaie de se remotiver : ce ne sont tout de même pas quatre planches en bois qui vont l'abattre, elle garde ça pour celles qui constitueront son cercueil. Mais comment les installer ? Elle n'a pas trouvé de mode d'emploi, la feuille qui était dans le carton n'étant, en réalité, qu'une présentation de différents produits créés par la marque. « C'est intuitif », lui avait répliqué le premier vendeur qu'elle avait eu au téléphone…

— Intuitif, mon cul, s'était-elle alors exclamée, excédée.

Et si elle allait jeter un coup d'œil à la bibliothèque ? Peut-être qu'elle pourrait y trouver un manuel qui lui expliquerait comment s'y prendre… et ça lui permettrait de souffler un peu. Elle passerait par la même occasion chez le traiteur, elle a bien envie d'une bonne part de lasagnes au saumon et l'heure tardive ne lui donne pas envie de se confectionner elle-même un bon petit repas.

Une demi-heure plus tard, la vieille dame avance difficilement dans les rues de la ville. Elle regrette de ne pas avoir pris sa canne, qu'elle rechigne à utiliser d'ordinaire car elle lui donne l'air d'une vieille, mais ses hanches la font vraiment souffrir, et ce, depuis plusieurs jours : déballer les maudits cartons ne l'a pas aidée. C'est avec soulagement qu'elle pénètre dans les locaux.

Madelaine repère aussitôt Fatima, installée sur une table ronde avec la libraire et d'autres personnes qu'elle ne connaît pas. Juliette est cachée derrière une pile de livres posés sur le comptoir : les nouveautés sont arrivées ! Enfin quelque chose qui illumine sa journée. Mais elle doit faire les choses dans l'ordre : le réconfort vient après l'effort. Alors, pour commencer, direction le rayon jardinage.

14
Christina

Contrairement aux autres jours, Christina n'a aucune envie de rejoindre son travail cet après-midi. Elle craint d'être une nouvelle fois au centre de l'attention, chose qu'elle ne souhaite plus, l'ayant suffisamment endurée.

Par ailleurs, après avoir couru à jeun une dizaine de kilomètres, elle a déjà eu ce matin une mauvaise surprise : la réception de deux SMS provenant d'un numéro qu'elle ne connaît pas. En lisant le premier, elle a tout simplement cru à une erreur de numéro de téléphone :

> Ne cesse de penser à toi. Sans toi, je ne serai plus là.

Elle l'a lu rapidement avant de reposer son téléphone. Un numéro inconnu, du charabia : ce n'était pas pour elle, tout simplement. Mais le second est arrivé dix minutes plus tard.

> Tu m'as sauvé la vie. Tu es mon héroïne. Quand je ferme les yeux, je vois ta robe qui tourbillonne et je sens encore la chaleur de tes mains qui se posent sur moi.

Là, elle a commencé à se poser des questions : serait-ce Patrick ? Après tout, elle n'a pas son numéro de téléphone. Mais comment aurait-il eu le sien ? Ou alors quelqu'un lui fait un canular. Quoi qu'il en soit, elle n'apprécie pas ça. Elle aime sa tranquillité, et cela passe souvent par le silence de son téléphone portable, qui ne lui sert maintenant que pour les urgences.

Elle a passé le reste de sa matinée à buller et à lire des livres de recettes de cuisine tout en essayant d'oublier ces messages indésirables.

Mais, au moment de partir, alors qu'elle se regarde une dernière fois dans le grand miroir sur pied à l'entrée de son salon, les derniers messages lui reviennent en tête. Et si c'était vraiment Patrick ? Ne se ferait-il pas des idées en la voyant habillée ainsi ? La jeune femme a en effet enfilé une robe courte fleurie, similaire à celle qu'elle portait vendredi : n'y verrait-il pas un signe ? *N'importe quoi, Christina*, essaie-t-elle de se raisonner. Ça peut être un faux numéro… et quand bien même, n'a-t-elle pas le droit de porter les vêtements qui lui font plaisir ? Certainement, mais il est trop tard : le doute s'est insinué en elle. Sans réfléchir plus longtemps, elle fait marche arrière, retourne dans sa chambre, délaisse sa robe pour un jean brut et une blouse sous laquelle elle enfile un débardeur, pour éviter la transparence…

En arrivant à la supérette, elle constate avec un certain soulagement que la voiture de Patrick, un vieux Combi Volkswagen bleu qu'on ne peut pas louper, n'est pas là. C'est vrai, il ne travaille pas le mardi après-midi ! Ils sont souvent en horaires inversés. Si cette absence l'apaise, elle ne peut pas s'empêcher de trouver sa propre réaction puérile : il se peut très bien que les SMS et l'incident avec Patrick ne soient que deux coïncidences. Troublantes, c'est vrai, mais dues à un simple hasard facétieux. Elle le verra demain, puisqu'elle travaille toute la journée le mercredi, et cela se passera comme les autres jours : un bonjour rapide quand ils se croiseront, si c'est le cas, et basta.

Alors qu'elle arrive devant la boutique, un peu soulagée, elle est surprise par une grande affiche qui orne la porte d'entrée. Non, ce n'est pas possible ! Elle s'arrête à quelques centimètres de la grande photo, bouche bée, le souffle coupé. Elle n'en croit pas ses yeux, ils n'ont tout de même pas fait ça ! Elle avance à nouveau de quelques pas pour lire ce qui est noté. Face à elle : elle. Enfin, une photo de son visage, surmontée de la phrase « Employée du mois ». Depuis quand existe-t-il une telle sélection ? Et son droit à l'image ? Au-dessous, son prénom est indiqué en plus petit : heureusement qu'ils n'ont pas ajouté son nom de famille. Elle bouillonne. Elle ne sait pas qui a eu cette idée, mais elle ne l'apprécie vraiment pas, et elle compte bien le faire savoir.

Elle entre dans le magasin en trombe et, soudainement, elle entend une nuée d'applaudissements, ce qui stoppe aussitôt son élan et calme sa fureur. Son visage apparaît encore sur une grande affiche, à droite des caisses enregistreuses, avec cette même mention « employée du mois ». Une fois que les applaudissements perdent en intensité, elle entend son chef déclarer :

— Nous avons pris la décision d'honorer à partir de ce jour tous les mois un membre de notre personnel. Puisqu'ils font tous un travail extraordinaire, puisqu'ils sont tous heureux d'être là, puisque c'est grâce à eux que la boutique tourne et que je suis fier de les avoir auprès de moi. Je pense que nous sommes tous d'accord pour dire que la première employée qui se doit d'y figurer est Christina, notre sauveuse ! On l'applaudit encore !

Les mains claquent une nouvelle fois les unes contre les autres. Son chef vient vers elle et lui serre chaleureusement la main. Christina bafouille quelque chose, n'est pas certaine d'avoir formulé une phrase cohérente, oublie complètement d'exprimer son mécontentement. Comme elle trouve ça gênant ! Tous ces regards, braqués sur elle… Et si on lui demande de faire un discours ? Oh mon Dieu ! Que pourrait-elle dire ? Elle n'a fait que son travail de citoyenne, n'importe qui d'autre aurait fait la même chose. Pourquoi a-t-il fallu que ça tombe sur elle ? Non, non, faites que non… Son cœur bat vite, elle se sent oppressée. Enfin, au bout d'interminables secondes, à son plus grand soulagement, son chef s'éloigne, pose le micro, les clients retournent à leurs courses et ses collègues, à leurs postes. Christina s'éclipse dans la salle réservée aux employés, le plus discrètement possible, pour souffler.

15
Madelaine

Après avoir longtemps cherché sur l'ordinateur, Madelaine a enfin trouvé un livre qui pourrait lui être utile, *Le Portager pour les nuls*, avec comme sous-titre *Je prépare mon carré potager en deux jours*. Deux jours : voilà un délai qui lui semble intéressant. Il ne reste plus qu'à le chercher.

Quelle idée d'avoir autant de livres ! C'est le principe d'une bibliothèque, c'est vrai, mais ce n'est pas toujours pratique. Surtout quand un petit rigolo a rangé au mauvais endroit l'ouvrage recherché. Madelaine regarde une nouvelle fois sur l'ordinateur la cote indiquée pour le livre : J 23 R, la note sur un petit bout de papier, au cas où ce serait son cerveau qui s'amuserait à inverser ou à modifier les chiffres ou les lettres, puis retourne face au rayon jardinage. A, B, C, D… J. Un nouveau regard sur le papier, un autre vers la rangée : J 23… J 23… il y en a quelques-uns, mais aucun J 23 R ! Où est son livre ? Elle continue à regarder un à un les cotes et les titres avant de soupirer : elle ne le trouve pas, elle va devoir se résoudre à demander de l'aide à la jeune bibliothécaire.

Là ! Alors qu'elle lève la tête, Madelaine l'aperçoit en haut de l'étagère, posé sur un présentoir : si même les bibliothécaires s'amusent maintenant à lui faire des farces… Le livre est plus grand qu'elle ne l'imaginait, il fait presque la taille d'une feuille blanche. Au moins, les caractères ne devraient pas être écrits trop petits.

Pour se féliciter d'avoir déniché le livre, Madelaine se rend au comptoir où elle a vu les derniers arrivages. La petite bibliothécaire ne lui avait pas menti : il y a de la romance, à profusion !

— Les deux livres de droite sont enregistrés et peuvent être empruntés, je n'ai pas encore pris le temps d'informatiser les autres, s'excuse justement Juliette en retirant cette dernière pile.

— Je prends les deux ! s'exclame avec enthousiasme Madelaine en tendant son livre sur le jardinage. Je prendrai aussi celui-là, pour ma culture personnelle, ajoute Madelaine, amusée.

— Vous avez raison, c'est le moment idéal pour s'occuper de son jardin ! Je ne savais pas que vous en aviez un !

— Moi non plus, s'amuse Madelaine, mystérieuse.

La bibliothécaire attrape d'une main les deux livres et de l'autre repose à la même place le grand manuel qu'elle a déjà scanné. Madelaine les fait glisser vers son grand panier, se disant qu'elle en a déjà bien assez fait pour aujourd'hui, et que le carré potager attendra le lendemain. Il ne lui reste plus qu'à passer chez le traiteur, à déjeuner tranquillement et à se lover dans son canapé où elle commencera un nouveau roman.

16

Juliette

12 heures 30. Juliette ferme la porte de la médiathèque pour la pause méridienne. La matinée est passée à toute vitesse, la jeune femme n'a pas eu le temps de se poser. Fatima est rentrée déjeuner chez elle, contrairement à Juliette qui a emporté une salade le matin : sa fille mange à la cantine, elle n'a pas besoin de rentrer. Puis, elle se sent bien là, seule au milieu des livres.

La salade l'attend dans son sac. Quand elle se penche pour l'attraper, la vue de l'imprimante lui rappelle quelque chose… Son manuscrit ! Mince, où l'avait-elle posé ? Elle se redresse d'un bond et regarde partout autour d'elle. Rien n'apparaît. Elle essaie alors de se souvenir : Fatima est arrivée au moment où la dernière feuille s'imprimait, Juliette les avait toutes rassemblées puis posées sur… le comptoir, sous les livres fraîchement informatisés… empruntés par madame Jorgeon. Pourtant, elle ne voit rien. Aurait-elle pu partir avec ? Oh, non ce n'est pas possible ! Elle se maudit : pourquoi ne l'a-t-elle pas glissé dans son sac quand sa collègue est arrivée ? Juliette regarde partout autour d'elle, soulève des feuilles de commande, les livres, regarde dans chaque tiroir, avec une inquiétude peu ordinaire. Puis, une fois qu'elle ne sait plus où chercher, elle s'avachit sur le siège et ferme les yeux : si, c'est possible…

La prochaine fois, elle écoutera la petite voix qui lui souffle à l'oreille qu'elle ne doit pas imprimer autant de pages à son travail, qu'elle doit acheter une imprimante et faire ça chez elle, puisque ce n'est pas professionnel, ou aller quelque part pour l'imprimer. La disparition de ces feuilles ressemble à une punition divine, voire cosmique.

Elle réfléchit, se repasse dans la tête différents moments de cette matinée et revient encore une fois à cette conclusion : la vieille dame, madame Jorgeon, est partie avec. Elle l'a certainement glissé dans son panier, le livre sur le jardinage était suffisamment grand pour cacher les feuilles qui étaient en dessous… Que peut-elle faire ? Aller le chercher chez elle ? En a-t-elle le droit ? De toute façon, elle n'a pas son adresse, donc elle ne peut pas y aller, sauf si… Juliette tape le nom et le prénom de la dame dans le fichier des lecteurs de la médiathèque. Aussitôt le visage de Madelaine apparaît. Juliette clique fébrilement sur le visage qui laisse place à la fiche de renseignements : l'adresse est bien écrite là, noir sur blanc, ainsi que son numéro de téléphone. Sans se laisser le temps de réfléchir davantage, Juliette prend le téléphone, compose le numéro et attend, une boule au ventre, les premières sonneries qui ne tardent pas. Au bout de six coups, un répondeur se déclenche et laisse entendre la voix tremblotante de la vieille dame. Après le bip, c'est une autre voix tremblotante qui laisse un message :

« Bon… bonjour madame Jorgeon, ici Juliette, de la médiathèque, j'espère que vous allez bien. Je… je voulais savoir si vous n'aviez pas repris par hasard un… un document qui n'était pas à vous. Merci de bien vouloir me rappeler si c'est le cas. C'est important, très important. Cordialement. »

Elle raccroche aussitôt. Cordialement ? Qui termine une conversation téléphonique avec le mot « cordialement » ? Elle se tient la tête entre les mains et soupire profondément.

Juliette attend quelques minutes devant le téléphone, prête à sauter sur le combiné à la première sonnerie, mais rien ne vient. Madelaine est certainement occupée et rappellera plus tard, si elle écoute ses messages. La bibliothécaire se résout finalement à attraper la salade qui attend toujours dans son sac et se force à déjeuner, malgré son manque soudain d'appétit.

17
Christina

Déjà six messages. Six messages en un seul après-midi. Ce n'est plus du domaine du canular, mais presque du harcèlement. Christina les a découverts une fois son travail terminé : elle ne regarde jamais son portable pendant ses heures de travail, il reste au chaud dans son sac. Elle ne s'attendait pas à en avoir reçu d'autres, elle n'y pensait même plus, et encore moins autant. Tous reviennent à peu près sur la même chose : elle lui a sauvé la vie, depuis il ne cesse de penser à elle, il espère la revoir rapidement, et blablabla. Ça en deviendrait presque flippant.

Elle ne sait pas ce qu'elle doit faire : continuer à les ignorer ? Mais si c'est Patrick, ce dont elle semble de plus en plus certaine, comment va-t-elle gérer ça quand ils se croiseront au travail ? Et si elle y répond, même pour lui demander d'arrêter, n'y verra-t-il pas un encouragement ? Elle pourrait toujours feindre de ne pas les avoir lus, si d'aventure il osait venir lui en parler.

Quand elle ouvre la boîte aux lettres chez elle, une autre surprise l'attend. Parmi les prospectus, elle en trouve un du supermarché où elle travaille et, à sa grande surprise, c'est son visage qui apparaît sur la première page, avec la mention « Employée du mois ». Comme si ce n'était déjà pas suffisamment gênant sur son lieu de travail ! Elle sort rapidement tout le courrier de la boîte, le bloque sous son bras, regarde autour d'elle et rentre d'un pas tout aussi pressé chez elle.

Une demi-heure plus tard, Christina sort de son bain, pas vraiment apaisée. Normalement l'effet de l'eau est immédiat sur son moral, mais là, il n'en est rien. Elle ressent une boule d'angoisse se former au creux de son ventre et la solitude que lui offrent les grands murs vides de sa maison lui apparaît pour la première fois difficile à supporter. Le comportement de Patrick lui rappelle sa relation avec son ex-conjoint. Ce n'est pas à cause de leur caractère, Patrick n'a pas le charisme de Gérald, mais cet empressement qu'elle ressent dans l'envoi de messages lui est difficilement supportable. Elle doit penser à autre chose, et pour s'y aider, elle décide d'éteindre son téléphone portable. Elle part dans la cuisine, ouvre son frigo et décide d'entamer la bouteille de vin blanc sucré qui y reposait. Une fois son verre rempli, elle s'assied dans son canapé, allume la télévision et prend son ordinateur portable non loin d'elle.

Une nouvelle fois, elle met une émission de cuisine, une sorte de téléréalité où des candidats s'invitent à déjeuner à tour de rôle les uns chez les autres. La jeune femme ne rate pratiquement aucune de ces émissions. Elle y trouve des idées de recettes, des associations culinaires intéressantes, parfois même des techniques, mais elle s'amuse aussi du comportement des candidats : certains ont bien compris qu'ils participaient à un jeu et traîneront leur mauvaise foi jusqu'au dernier jour, refusant de reconnaître les talents de tel candidat, se plaignant d'un plat trop chaud puis d'un autre trop froid seulement pour pouvoir donner un avis négatif, et noter sévèrement par la suite. Comme à la fin c'est le candidat qui a la plus haute moyenne qui gagne, sans aucun avis de spécialiste, autant lui mettre le moins de points possibles. Heureusement, certains sont plus humains et sont là uniquement pour passer un bon moment, sans se soucier de gagner à tout prix. Leurs avis sont souvent plus honnêtes. Pourtant, cette fois-ci, elle n'accroche pas à ce qu'elle voit. Même la recette de pâte de coings maison, qu'elle adore, ne retient pas son attention.

Christina ne regrette pas souvent grand-chose de son ancienne vie, sauf dans ces moments, où elle est incapable de combler son ennui. Elle aimerait tant parfois avoir une personne auprès d'elle avec qui elle pourrait discuter, quelqu'un qui pourrait la conseiller, lui faire voir les problèmes d'un autre point de vue, trouver des solutions. Elle voudrait une amie, tout simplement, mais sympathiser avec la gent féminine n'a jamais été son fort. Elle se sent toujours en décalage, ne sait pas quoi dire, quoi faire, où aller, ce qu'on attend d'elle, à condition qu'on attende effectivement quelque chose de sa personne, d'ailleurs. Déjà, quand elle était collégienne, elle était toujours à part, regardant d'un œil mi-étonné mi-amusé les autres filles de son âge, dont les préoccupations lui semblaient à des années-lumière des siennes.

Certes, quand elle était directrice de son agence publicitaire, elle n'avait pas non plus d'amies, mais elle pouvait quand même toujours trouver quelqu'un qui se faisait un plaisir d'écouter ses confidences ponctuelles.

Et si ?

Elle pose son ordinateur portable sur ses genoux, l'allume, tandis qu'à la télévision un débat échauffe les esprits sur la meilleure façon de cuisiner du veau. Une fois l'ordinateur prêt, elle consulte ses e-mails, par habitude, puis cherche dans ses favoris le lien vers l'article qui vantait les mérites de la colocation, pour tous les âges. Elle sait que sa maison est suffisamment grande pour accueillir quelqu'un, et la proximité avec les transports en commun pourrait séduire plus d'un étudiant. Elle parcourt à nouveau, avec un peu plus d'intérêt que la première fois, l'article qui dresse un inventaire des inconvénients, mais aussi des avantages de la colocation pour les deux parties comme les frais partagés, donc des économies, de la compagnie, de l'espace, moins de corvées… Un encart suggère aussi différents types de colocataires en fonction de ce que l'hôte recherche : une personne indépendante, quelqu'un qui sera là longtemps ou non, un étudiant, un senior, etc. Il y a même un lien vers un site qui permet de mettre en relation des personnes souhaitant vivre en colocation en fonction de leurs désirs et de leurs goûts. Les membres peuvent noter leurs colocataires, selon une grille précise.

Et si elle essayait ? Après tout, elle peut toujours s'inscrire et ne pas donner suite si cela ne l'attire plus. Mais si elle finit par trouver quelqu'un, se sentira-t-elle capable de partager sa maison avec une autre personne ? Elle s'est tellement habituée à sa solitude… Elle ne pourra pas dire oui pour demander à la personne de partir une semaine plus tard… Ce ne serait pas correct. Et si elle découvre qu'elle a affaire à un psychopathe, genre tueur en série ? Ce ne sont pas ses cactus qui l'aideront…

Dans le moteur de recherche, elle tape le nom du site cité dans l'article, qu'elle trouve rapidement. Sur la première page s'affichent aussitôt les derniers avis, souvent positifs, et des témoignages de colocataires, qu'elle lit en diagonale. Quand elle trouve le bouton « S'inscrire », elle clique rapidement dessus, au cas où elle changerait d'avis, puis remplit les différentes cases qui apparaissent sur son écran : combien de colocataires souhaités ? Un, ce sera déjà bien, pour commencer. Homme ? Femme ? Le second, sans hésiter. Elle n'a aucune envie de se retrouver avec un homme chez elle, elle serait toujours sur le qui-vive, incapable de se sentir sereine. Son âge ? Elle réfléchit un moment : les seules fois où elle a pensé à la colocation, elle s'imaginait avec une jeune étudiante, mais c'est vrai que ça pourrait être une femme plus âgée, à condition qu'elle n'ait pas d'enfant : c'est trop bruyant. Elle clique sur le bouton « Non important ». Souhaite-t-elle des animaux ? Certainement pas. Elle est allergique en plus aux poils de chat et de chien, ne voit pas l'intérêt d'avoir un poisson rouge dans un bocal, encore moins une tortue, et tient à la propreté de son logement. Quelles sont les choses qu'elle déteste le plus ? Là, ça devient plus compliqué. Elle hésite à écrire « Remplir un questionnaire débile sur un site internet », mais doute de l'intérêt d'une telle réponse. Elle tape au hasard : l'hypocrisie, les cuvettes des toilettes sales et les personnes trop collantes. Christina a l'impression de remplir un questionnaire pour un site de rencontres amoureuses. À la fin de l'inscription, elle se sent vide, comme son verre de vin.

18
Madelaine

Si elle s'attendait à ça ! C'est complètement inouï, digne des plus grands romans. Madelaine ne quitte plus des yeux les feuilles qui se sont glissées par mégarde dans son panier. Elle les lit avec avidité, quoique le verbe *dévorer* soit plus approprié. Elle en a laissé le téléphone sonner, en a même fait brûler son repas qu'elle n'avait pourtant qu'à faire réchauffer au four, avant de le manger finalement à peine tiède.

Elle a trouvé le dossier au fond de son panier, alors qu'elle le vidait, sous les livres, une fois chez elle. Elle a aussitôt compris d'où il venait. Si la vieille dame a d'abord pensé à un dossier administratif ou à des listes de commande, se jurant de rapporter une fois son repas terminé les documents à la médiathèque, la curiosité l'a poussée à y jeter un coup d'œil, et bien lui en a pris : la première phrase, « Nos cœurs liés par deux claviers », qui était donc un titre, l'avait agrippée.

Madelaine, absorbée par l'histoire, s'imaginait déjà à la place de Léopoldine, cette « jeune femme d'âge mûr », comme il était écrit dans le texte, veuve comme elle, qui souffrait de la solitude et voulait rencontrer l'amour, le vrai, celui qui donne des papillons dans le ventre et qui fait chanter des « chabadabada ». Cette Léopoldine avait décidé, sur un coup de tête, de s'inscrire sur un site de rencontres puisque le grand amour tardait à se faire connaître, que cette méthode était à la mode et qu'elle avait déjà fait ses preuves auprès de quelques collègues de son travail, auxquelles elle jugeait ne rien avoir à envier. Sur le site, lors de son inscription, elle s'était amusée et avait un peu modifié la réalité : une petite dizaine de kilos en moins par ci, trois centimètres de plus par là, mais, surtout, cinq ans de moins que ceux qu'indiquait sa carte d'identité : elle avait déjà lu dans un magazine féminin que les hommes mentaient souvent sur ce point, alors, pourquoi ne pas le faire, elle aussi ? De toute façon, elle était convaincue de ne pas faire son âge. Les premiers contacts avaient été nombreux, sa boîte e-mail ne désemplissait pas, en revanche ils n'étaient pas toujours très courtois. Madelaine ne pouvait s'empêcher de pouffer de rire à la lecture de certains passages, rougissant comme une adolescente devant un déballage d'amour… et de propositions sexuelles. Les jours avancent, les premiers contacts se multiplient, mais peu passent l'étape de la rencontre réelle. Plusieurs fois, Madelaine a soupiré, trouvant que, décidément, Léopoldine ne sait pas s'y prendre pour repérer les boulets, imaginant ce qu'elle aurait fait à sa place. Enfin, LA rencontre a eu lieu. Après de longs échanges, d'abord classiques, puis de plus en plus passionnés, Léopoldine a rencontré la personne qui fait battre son cœur à tout rompre, qui l'emplit de ce fameux *chabadabada*, un certain Rodrigue, alors qu'elle commençait à désespérer. Il ne restait plus qu'à se rencontrer…

À ce moment-là, Madelaine n'a pu s'empêcher de se ronger les ongles. Et si Léopoldine était déçue ? Si, finalement, ce prince virtuellement charmant était en réalité un tueur en série ? Un voleur ? Une femme ? Ou, pire, quelqu'un qui s'amusait pour passer le temps ? La narratrice parviendrait-elle à s'en remettre ? Elle avait connu déjà tellement de déceptions ! Elle était un peu sotte, tout de même. L'histoire suivait les grandes lignes du roman d'amour, il ne restait que quelques feuillets : il était évident que tout allait bien se terminer. Mais, comme à chaque fois qu'elle se plonge dans un roman, la vieille dame ne peut s'empêcher de craindre une mauvaise nouvelle. Finalement, le livre se termine avec Léopoldine, vêtue d'une belle robe blanche, qui marche à côté de l'homme qui va devenir son époux. À ce moment, Madelaine, une larmichette à l'œil, pose la dernière feuille en grommelant qu'une histoire d'amour ne devrait pas nécessairement s'achever par un mariage pour que la fin soit belle, mais son cœur tendre a été remué par cette douce histoire dans laquelle, parfois, elle s'est reconnue.

Ah, *Alphonso…* Elle ne peut pas dire que son défunt mari lui manque. Elle s'est habituée, malheureusement, à ses silences et à son absence. Mais comme cela aurait été utile qu'il soit encore là. Lui, au moins, aurait pu mettre en bon état ce fichu carré potager qui nargue Madelaine depuis la terrasse et dont elle n'est pas sûre de pouvoir faire quelque chose, malgré le livre emprunté. Il lui arrive aussi, parfois, de se demander ce que serait sa vie maintenant s'il était encore à ses côtés. Elle serait certainement plus colorée… sauf s'ils avaient fini par devenir un de ces couples qui passe son temps à se chamailler… Enfin, le passé est ce qu'il est, seul le présent doit l'intéresser maintenant, le futur proche, aussi. Et, pour l'aider à avancer dans les eaux troubles de ce dernier, n'aurait-elle pas besoin, elle aussi, d'un Rodrigue ?

Madelaine reprend en soupirant toutes les pages qui composent le roman, veille qu'elles soient bien placées, puis les glisse dans la pochette. Avant de fermer cette dernière, elle regarde une dernière fois attentivement la première feuille, la retourne, en fait autant avec la dernière : en vain. Elle ne trouve aucun nom. Qui a bien pu écrire ce chef-d'œuvre ? Et pourquoi le livre est-il seulement imprimé sur des feuilles blanches, et non pas reliées, comme les autres romans ? C'est une drôle d'histoire.

19

Juliette

Juliette a essayé de rappeler deux fois Madelaine, ne laissant pas d'autre message sur son répondeur. Elle n'est déjà pas fière de ne pas avoir pu s'empêcher de l'appeler à plusieurs reprises, alors si elle pouvait éviter de laisser des traces… Elle a suffisamment honte comme ça, même si, à y réfléchir, il n'y a pas vraiment de quoi… Après tout, qu'a-t-elle fait de mal ?

À 17 heures, alors qu'elle s'apprête à rentrer chez elle pour retrouver sa fille, Madelaine arrive, son éternel sourire vissé aux lèvres. Le cœur de Juliette accélère, elle regarde aussitôt autour d'elle et voit avec soulagement que Fatima est occupée un peu plus loin : si elle pouvait éviter de lui raconter cette histoire… ça l'arrangerait.

— Je suis désolée, déclare l'octogénaire, alors qu'elle s'approche de la bibliothécaire. Je pense que ceci est à vous, je l'ai emporté ce matin avec mes livres.

La vieille dame lui tend le dossier. Juliette le saisit, mais s'étonne de voir que madame Jorgeon ne le lâche pas. Elle poursuit, tout en le tenant :

— Je n'aurais pas dû, c'est vrai, et je m'en excuse, mais je l'ai lu. Vous me connaissez un peu maintenant, vous savez que j'adore lire, et pas seulement des manuels pour les jardins, s'amuse-t-elle, alors je n'ai pas pu m'en empêcher.

Les joues de Juliette s'empourprent, tandis que son rythme cardiaque s'affole. Elle a été lue. Elle ne s'était pas encore préparée à recevoir l'avis de sa première lectrice. D'ailleurs, elle n'aurait jamais pensé devoir s'y préparer, puisque ledit manuscrit devait rejoindre le haut de sa bibliothèque et que les araignées ne sont pas réputées être de grandes lectrices. Dans quelques minutes, Madelaine va lui dire qu'elle n'a jamais rien lu d'aussi mauvais et se gaussera de cette vaine tentative : ne s'improvise pas auteur qui veut. Juliette a envie de se cacher, elle n'est pas prête à entendre ça. Elle y a consacré tellement de temps !

— Pourquoi, d'ailleurs, ce livre n'est-il pas comme les autres ? Il n'a même pas de couverture !

— Il… il n'est pas vraiment terminé, balbutie l'aspirante autrice, dont le corps se crispe sous l'émotion. Vous savez, ce n'est qu'un manuscrit, un premier jet pas vraiment…

— Un manuscrit ?

La vieille femme hausse un sourcil, la main toujours posée sur le dossier.

— Oui, je ne l'ai pas soumis à un éditeur, d'ailleurs, je ne pense pas le faire, je viens de le terminer, je voulais en imprimer un exemplaire seulement pour moi…

Juliette se tait en voyant les yeux de Madelaine grossir. Qu'a-t-elle dit ?

— Vous… vous voulez dire que… c'est vous qui l'avez écrit ?

La jeune femme ne sait plus où se mettre, complètement confuse. Madelaine n'avait pas compris ! C'est elle qui s'est dévoilée… Quelle idiote ! Pourquoi a-t-elle eu besoin de parler autant ?

— Quelle nouvelle ! Vous êtes incroyable ! Ça alors ! Vraiment !

Elle parle d'une voix forte. Penaude, et encore sous le choc, Juliette jette un coup d'œil en direction de sa collègue, par chance toujours occupée. Elle ne comprend pas où Madelaine veut en venir. Elle voudrait seulement que cette dernière lâche le dossier afin qu'elle puisse le prendre et le cacher quelque part, où il resterait à tout jamais enfermé : il lui a causé assez de frayeurs comme ça.

— Et qu'attendez-vous ? Il est terminé, non ?

— Ce que j'attends ? Pour ?

— Pour l'envoyer pardi ! ça ne va pas se faire tout seul !

— À qui ? s'étonne Juliette.

— À un éditeur, enfin, déclare Madelaine comme si c'était une évidence.

Juliette regarde la vieille dame, la fixe comme deux ronds de flan et se demande un moment si elle a toute sa tête.

— Ce n'est… Ce n'est pas prévu. C'est personnel.

La voix de Juliette est plus sèche qu'elle ne le voudrait, la faute aux émotions qu'elle n'arrive plus à gérer.

— Oh, dommage, conclut simplement la vieille dame en lâchant enfin le dossier.

Une réelle déception, qui touche Juliette, s'affiche sur le visage de Madelaine. La bibliothécaire se dit qu'elle est vraiment gentille, cette dame. Parfois surprenante, mais profondément gentille.

— En tout cas, il est excellent, si vous voulez mon avis ! Je n'ai pas réussi à le lâcher, j'en ai mangé mon plat froid !

— Merci, murmure Juliette dont les joues ont viré au rouge.

Les deux femmes se regardent silencieusement pendant de longues secondes, puis Juliette lui demande d'une voix plus douce, pour changer de sujet :

— Comment se porte votre jardin ?

— Oh, ne me parlez pas de ça ! Je commande un carré potager et on me livre des planches ! Sans aucune notice pour expliquer quoi que ce soit, évidemment.

Juliette sourit. Gentille et surprenante, certes, mais aussi drôle.

Sur ces derniers mots, la vieille dame fait demi-tour et s'apprête à repartir. Après quelques hésitations, Juliette l'interpelle une dernière fois :

— Madame Jorgeon ?

Quand cette dernière se retourne, Juliette reprend, en montrant le dossier :

— Merci ! Infiniment.

— Non, c'est moi qui vous remercie, conclut Madelaine, le regard malicieux.

Quand elle rentre chez elle, Juliette raconte l'histoire à sa fille, la seule à connaître son penchant pour l'écriture.

— Elle a aimé alors ! s'exclame Roxane, affichant clairement la fierté qu'elle ressent.

— Ou elle s'est montrée polie et étonnée.

— Pff, si tu me laissais lire, je pourrais te donner mon avis…

— J'aimerais beaucoup, mais tu sais très bien. Tu es…

— Trop jeune, je sais, la coupe-t-elle en levant les yeux au ciel. Et tu vas le faire ?

— Faire quoi ?

— L'envoyer à un éditeur…

— Certainement pas ! la coupe Juliette, un peu trop brusquement.

Pourtant, elle doit l'avouer, l'idée a commencé à se frayer un chemin dans sa tête.

— Pourquoi ? Que risques-tu à part te retrouver un jour en librairie ? Moi, je crois en toi, Mam'. Et je pourrai me la péter en disant « C'est ma mère qui l'a écrit ! ».

Juliette hausse les épaules sans répondre, alors que les mots sont posés sur ses lèvres : elle risque un refus, qu'on lui dise tout simplement que c'est mauvais, et elle ne sait pas si elle sera capable d'encaisser.

20

Madelaine

Si elle avait imaginé ça ! Juliette, la petite bibliothécaire maigrichonne, qui a écrit un livre ! Et quel livre ! Un coup de cœur pour Madelaine. La vieille dame en est sûre : dans quelques mois, le livre se retrouvera en librairie, il ne peut pas en être autrement. Il faut seulement que la petite ait un peu plus confiance en elle.

Assise sur la table de son salon, le courrier du jour à portée de main, Madelaine sort les feuilles photocopiées quelques heures plus tôt : elle ne pouvait pas se résoudre à rendre le texte original sans en faire une copie. Elle s'est gardée d'en parler à Juliette, et depuis qu'elle sait que c'est elle l'autrice, Madelaine est encore plus satisfaite de son geste.

Mais ce n'est pas que pour l'amour du texte que l'octogénaire a voulu garder un double : le personnage principal, la Léopoldine, lui a donné des idées. Depuis la veille, Madelaine a fait la liste des « pour » et des « contre » dans sa tête avant de la reprendre à l'écrit puisqu'elle en oubliait la moitié, et les premiers ont été bien plus nombreux que les seconds. Elle en a même soufflé un mot Alphonso au réveil, après l'habituel baiser du matin, et elle aurait juré le voir acquiescer d'un hochement de la tête et lui faire un clin d'œil : si ce n'était pas une bénédiction… D'ailleurs, il n'avait jamais été jaloux.

Madelaine feuillette le manuscrit, s'arrêtant quelques fois pour relire certains extraits, jusqu'à ce qu'elle retrouve le passage souhaité. Au bout d'une vingtaine de pages, elle y est : l'inscription de Léopoldine sur un site de rencontres. Si la jeune femme a connu quelques déboires lors de rencontres virtuelles ou réelles, Madelaine est certaine que c'est parce qu'elle n'a pas été capable de cerner les personnes auxquelles elle a eu affaire : et pour commencer, on ne fréquente pas un homme qui se dit « séparé », ou « en cours de divorce », surtout si on cherche à établir une relation sérieuse et non à mi-temps. Quiconque lit les magazines féminins le sait, et ça marche aussi avec les programmes télévisés. D'ailleurs, parfois la femme ne sait même pas que son mari s'estime être en cours de séparation… Ensuite, on évite les hommes qui sont trop sûrs d'eux, ceux qui sont persuadés « qu'une nuit avec eux, c'est les adopter », ou ceux qui mettent pour image de profil un petit chaton : elle a compris que derrière cette apparence mignonne et féline pouvait se cacher un détraqué (l'homme qu'avait rencontré Léopoldine avait tout de même des chats tatoués sur tout le corps – passe encore quand on aime les dessins corporels –, mais il vouait une telle passion à ce mammifère qu'il s'était aussi fait greffer… des moustaches de chat). Elle prendra soin aussi d'éviter les hommes qui ne sont pas capables d'aligner trois phrases sans faire de faute d'orthographe et ceux qui demanderaient d'emblée une photo de sa poitrine (d'ailleurs, Léopoldine n'a jamais répondu à ce type de demande non plus). Il y aura peut-être des mauvaises surprises, mais c'est le jeu, après tout. On ne peut pas gagner à tous les coups et ça promet quelques heures de distraction. Et puis, toutes les mauvaises rencontres ont été oubliées quand Léopoldine a enfin rencontré son véritable amour.

Madelaine n'a pas ce genre de prétention. Elle n'a aimé qu'un seul homme, son Alphonso, et elle sait très bien qu'elle n'aimera jamais personne d'autre comme lui. Elle se contentera d'un homme gentil, pas trop collant, qui ne voudra pas forcément venir vivre chez elle – en dix ans de célibat, elle s'est forgé de petites habitudes qu'elle ne va plus quitter maintenant – qui lui apporteront un peu de gaieté et de compagnie. Un homme bricoleur de préférence, qui pourrait lui monter ce fichu carré potager.

Après avoir relu plusieurs fois le passage concernant l'inscription sur le site de rencontres pour être sûre de ne rien omettre, Madelaine allume son ordinateur portable, offert à Noël dernier par son fils. « On pourra parler en visio comme ça », lui avait assuré ce dernier en lui montrant le petit œil placé en haut de l'écran. Il lui avait même acheté un casque avec un micro afin qu'elle puisse bien l'entendre. Mais l'appareil lui sert plutôt à jouer au solitaire ou à d'autres jeux de cartes, Julien n'ayant jamais pris le temps de lui expliquer comment ils pouvaient s'y prendre pour se parler. Elle avait bien essayé de trouver elle-même, en vain.

En quelques minutes, l'ordinateur est prêt. Madelaine double clique sur l'icône du navigateur internet, une page s'affiche et elle tape dans la barre de recherche le nom du site sur lequel est inscrite Léopoldine : *ToiEtMoi*. Avant d'appuyer sur la touche « Entrée », elle regarde derrière elle, comme si on pouvait la surprendre, elle a l'impression de faire quelque chose d'un peu… osé. Un tas de réponses apparaît, elle plisse les yeux : des liens vers des vidéos, des paroles de chanson, mais rien à propos d'un site de rencontres. Elle ajoute alors à côté du nom du site dans la barre de recherche les mots « site de rencontres », en tournant la tête derrière elle une nouvelle fois, et en sentant ses joues commencer à rosir. Les résultats sont plus probants : *ToiMoi*, *MoietToi*, *ToitoiMontoi*… Madelaine reste quelques secondes immobile face aux résultats apparus à l'écran : il n'y a pas le nom exact du site dont parle Léopoldine dans le livre… Lequel choisir ? Tous se vantent d'être « le meilleur site de rencontres », d'être « sérieux et professionnel ». Seul le second se démarque en indiquant être « gratuit » : encore heureux ! pense Madelaine. Elle n'avait pas envisagé une seule seconde qu'on puisse lui demander de payer, Léopoldine ne l'ayant jamais mentionné dans le livre. Rassurée par l'assurance de ne rien avoir à débourser, elle clique sur le lien.

Aussitôt, des pubs arrivent en masse. Elle fronce les sourcils et cherche la petite croix sur laquelle elle doit cliquer pour les fermer : si Julien ne lui a pas appris grand-chose, elle a au moins retenu ça. Un formulaire apparaît sur la page principale : elle doit indiquer son nom, son prénom, son adresse e-mail, mais aussi un pseudo. Madelaine remplit chaque champ consciencieusement, avec une hésitation toutefois au moment de choisir le pseudo. Lequel conviendra ? Après quelques minutes passées à tergiverser, elle finit par prendre le même pseudo que celui qu'utilise l'héroïne de son nouveau roman fétiche : Lolo59. Après tout, le Nord est aussi son département. Enfin, pas vraiment sûre d'elle, elle valide.

Une seconde page charge, avec son lot de fenêtres pop-up qui apparaissent une nouvelle fois : des publicités pour des livres, des assurances, des offres pour des voyages à l'autre bout du monde, mais aussi celle d'un site qui lui assure qu'elle perdra *10 kilos en une semaine* : qu'est-ce que ça peut bien lui faire ? Le questionnaire est, cette fois-ci, plus long à remplir : on lui demande son sexe et elle s'étonne de voir, à côté des cases « féminin » et « masculin », le « neutre » : c'est quoi ça, un sexe neutre ? Elle ne préfère pas savoir et clique sur la case « féminin ». Ensuite, elle doit taper sa date de naissance. Facile ! Elle indique : 02/10/1939, avant de se raviser quand elle voit son âge apparaître en chiffres sur la case suivante : quatre-vingt-un ans. S*ouviens-toi, personne ne met sa vraie date de naissance, c'est écrit dans le roman.* Elle efface alors le 3 et le 9, les remplace par deux autres chiffres qui ne lui conviennent toujours pas : soixante-dix ans, ça reste trop vieux. Tant pis : elle efface l'année et note à la place 1955 : soixante-cinq ans, ça lui convient déjà mieux. Elle y soustrairait bien encore deux ou trois années, mais ça risquerait de paraître suspect : il faut enjoliver la réalité seulement, ainsi, elle ne ment pas vraiment. Et si on découvre la supercherie, elle pourra toujours feindre avec un air faussement désolé de s'être trompée : on ne soupçonne jamais une vieille dame de mentir.

Ensuite, les autres questions ne lui plaisent pas beaucoup non plus : poids ? Taille ? Elle a l'impression de devoir donner les dimensions d'un article mis en vente. Là aussi, elle décide de tricher – un peu : soixante-deux kilos pour un mètre soixante-dix : elle doit bien atteindre cette taille si elle se redresse complètement et qu'elle se met sur la pointe des pieds – en tout cas, elle l'atteignait il fut un temps – et la dernière fois qu'elle a posé ses pieds sur un pèse-personne, elle est persuadée d'avoir vu le chiffre 6 dans le résultat, peu importe sa place. Puis, qui viendra la mesurer pour savoir si ce qu'elle écrit est vrai ou non ?

Enfin, elle doit remplir un questionnaire sur ses goûts : aime-t-elle la musique ? Laquelle ? Joue-t-elle d'un instrument ? Depuis longtemps ? Quels sont ses chanteurs préférés ? Les films ? Suivent d'autres questions concernant ses goûts culturels. Mais la question qui lui semble le plus étrange est : si vous étiez une plante, laquelle seriez-vous ? Elle ne sait pas quoi répondre, se demandant où diable ils veulent en venir, et finit par noter, après avoir regardé dans la direction de sa terrasse : un pied de tomates, tant qu'il n'est pas destiné à un carré potager. Enfin, après avoir vaillamment rempli l'intégralité des questionnaires, elle clique sur le bouton « Envoyer », mais, au lieu de valider le formulaire, une grosse phrase en rouge s'affiche : « Erreur, vous avez oublié un élément* ». Un élément ? Lequel ? Madelaine regarde l'écran, fait remonter la page, la fait redescendre : elle ne trouve pas. Toutes les cases sont remplies. Elle réitère en faisant remonter le curseur jusqu'en haut de la page, et c'est là qu'elle comprend : il manque un avatar ! Elle n'a pas mis de photo d'elle… Et il semblerait que ce soit obligatoire ! Mince ! Elle n'avait pas du tout pensé à ça… Pourtant, Léopoldine avait, elle aussi, dû en mettre une ! Elle avait même opté pour un cliché en noir et blanc, *pour masquer les marques de l'âge* – Madelaine avait alors pensé que pour masquer le sien, d'âge, il faudrait plus que ça –, où on la voyait au loin, de profil. Mais Madelaine ne peut pas mettre la sienne après ce qu'elle a noté dans la description physique ! Ou alors, une ancienne, d'il y a quelques années ? Avec la coupe de cheveux qu'elle avait à l'époque, on comprendrait vite que le cliché n'est pas contemporain. En plus, elle déteste les photos et elle n'est pas certaine d'en trouver une. Elle se redresse et regarde autour d'elle, agacée d'être coupée dans son élan par une demande qui lui semble si futile. Son regard est alors capté par une affiche publicitaire sur laquelle figure en grand le visage d'une femme : brune, la quarantaine, l'air sympathique et plutôt jolie : c'est parfait ! Madelaine prend le prospectus, coupe la photo, la pose sur un fond blanc, attrape son téléphone portable qui dort dans un coin du salon, l'allume, prend en photo le portrait de la femme décrite comme étant l'employée du mois, la transfère sur son ordinateur grâce au câble USB – pour faire ça la première fois, elle n'avait même pas eu besoin que son fils lui explique – et parvient à la télécharger sur le site, le tout en moins de trente minutes. Plutôt fière d'elle, Madelaine valide enfin son profil, avec le doux sentiment du travail bien accompli.

21
Christina

Christina se surprend à aller vérifier régulièrement sur le site de la colocation si quelqu'un est intéressé par son offre. Cela fait deux jours qu'elle a posté son annonce sur le site et personne ne lui a répondu, malgré une quarantaine de vues : que se passe-t-il ? Pourquoi son annonce ne semble pas plaire ? Elle soupire. Mais, au moment où elle referme l'écran de son ordinateur pour se rendre à son travail, elle entend une sonnerie indiquant la réception d'un message. Aussitôt, prise d'excitation, elle relève l'écran.

Sans plus attendre, elle clique sur la notification : un message l'attend, d'une certaine Béatrice. Le prénom lui plaît bien. Elle lit le message : la femme est très intéressée par l'annonce et souhaite la rencontrer rapidement : elle sera bientôt sans logement. Pressée par l'heure qui tourne, Christina répond dans la foulée : « Rendez-vous à 18 heures devant le supermarché Blois » et file avant d'être en retard.

Ces derniers jours, l'ambiance est à nouveau calme et sereine au travail. Si quelques clients font parfois référence à son portrait et à son titre éphémère d'« employée du mois », au sein de l'équipe il n'est plus fait aucune allusion au repas du samedi précédent et la jeune femme compte bien ne pas se joindre à eux la prochaine fois. Patrick ne la regarde que de loin, ils se croisent à peine et elle ne reçoit plus de messages douteux. Seule Patricia reste désagréable à son endroit, sans qu'elle comprenne pourquoi.

Un peu avant 18 heures, Christina voit une femme faire des allées et venues devant le supermarché. Elle imagine qu'il s'agit de Béatrice et demande à son dernier client de bien vouloir poser sur le tapis roulant l'écriteau « caisse fermée ». Pendant les quelques minutes qui la séparent de la rencontre, Christina prend le temps d'observer la jeune femme : elle a la peau mate, semble avoir une trentaine d'années à peine. Elle porte un legging beige qui met en valeur ses jambes longues et fines, des bottines de la même couleur et une veste qui n'est plus de première jeunesse. Alors qu'elle salue le dernier client et qu'elle lui emboîte le pas, la jeune femme tourne justement la tête vers elle. La caissière a à peine le temps d'arriver qu'elle prend déjà la parole :

— Bonjour, moi c'est Béatrice ! se présente-t-elle en lui tendant la main sans que Christina prenne le temps de se présenter.

— Comment savez-vous que…

— Que c'est vous Christina ?

Béatrice montre d'un mouvement de la tête l'affiche qui orne la vitrine du magasin : elle l'avait presque oubliée.

— C'est écrit votre prénom dessus.

Christina sourit et serre enfin la main que la jeune femme lui tend. Au même moment, ses yeux se posent sur les bottines de la jeune femme : elles sont toutes les deux abîmées, comme la veste. Christina s'imagine que si la jeune femme souhaite vivre en colocation, c'est en partie à cause du prix du loyer.

— Venez, on va boire un verre ! l'invite Christina en désignant la terrasse du café qui fait face à la supérette.

Christina n'aurait jamais imaginé que le courant puisse si bien passer, ni aussi rapidement. Béatrice vient d'arriver dans la région, elle travaille depuis un mois en tant que vendeuse dans une enseigne de bricolage, job pour lequel elle a signé un CDI la semaine dernière, mais vient aussi de se séparer de son conjoint, dont elle a dû quitter l'appartement parisien. Elle est retournée vivre quelques semaines chez ses parents mais ne souhaite pas y rester trop longtemps : elle ne s'y sent pas à sa place et veut voler de ses propres ailes. Christina est touchée par ce petit bout de femme, pour laquelle elle ressent aussitôt beaucoup de sympathie. Elle est nerveuse, porte souvent ses ongles à sa bouche, regarde autour d'elle ceux qui passent. Christina sent qu'elle a vraiment envie de venir vivre avec elle, sans même avoir encore visité les lieux. Elle aussi, elle a quitté un appartement parisien et un conjoint, même si les contextes sont différents. Les deux femmes discutent rapidement du prix du loyer et s'accordent sur un montant plus bas que celui du marché, au grand soulagement de Béatrice : ce n'est pas d'argent, qu'a besoin Christina, mais de compagnie. Elle promet à la jeune femme de revenir rapidement vers elle.

Quand Christina rentre chez elle, le soir, elle déchante rapidement : un bouquet de fleurs, des jonquilles, l'attend, posé sur le pas de sa porte. Elle devine aussitôt qui a pu lui envoyer. Elle s'approche, regarde autour d'elle s'il y a quelqu'un, se penche pour voir s'il y a l'étiquette d'un livreur ou non. Elle n'en trouve pas, ce qui veut dire que c'est lui qui posé les fleurs sur le palier. Un sentiment de panique la saisit, son cœur bat vite et sa mâchoire se crispe. Que va-t-elle faire s'il revient ? Elle est toute seule dans cette maison… Elle visualise Patrick, mais aussitôt le visage de Gérald remplace celui de son collègue. Lui aussi au début avait l'habitude de lui offrir des fleurs. Des roses. La première fois, elle s'était même piquée avec les épines : elle aurait dû se méfier, c'était certainement un signe, qu'elle n'avait pas voulu interpréter. Des larmes lui montent aux yeux, elle respire difficilement. Les souvenirs restent douloureux.

Elle chasse les mauvaises pensées et essaie de se ressaisir : *Allons, respire, Christina, respire. Patrick n'est pas Gérald… il veut seulement être gentil, il est un peu trop reconnaissant sans se rendre compte qu'il est envahissant. Puis, ce ne sont que des fleurs, d'inoffensives jonquilles…* Elle essaie de s'en convaincre, en tout cas. Ce qui est sûr, en revanche, c'est que son ex lui a aussi porté des coups qui n'étaient pas physiques et qu'elle en garde encore les stigmates alors qu'elle pensait être guérie : trouvera-t-elle vraiment la paix intérieure un jour ?

La main tremblante, elle attrape le bouquet, arrache furieusement une poignée de pétales et jette l'ensemble plus loin. Puis elle prend la clé dans son sac à main, rentre dans sa maison et referme aussitôt la porte derrière elle. Sans se donner la peine de réfléchir plus longtemps, elle prend son téléphone, envoie un message à Béatrice pour lui annoncer qu'elle serait heureuse de l'avoir comme colocataire si la maison lui convient et lui propose un rendez-vous le lendemain pour venir visiter les lieux.

22
Madelaine

Les notifications n'arrêtent pas de défiler : *Paulo*, *JeanPaul*, *MagrosseQ*, *Gemeteslolo* et elle en passe. Des dizaines et des dizaines de messages qui partagent une seule et même obsession : ses seins, enfin les gros seins qu'elle serait supposée avoir… Il lui a fallu quelque temps avant de comprendre pourquoi on lui parle autant de sa poitrine, jusqu'à ce qu'elle tombe sur un jeu de mots lamentable avec son pseudo : *Lolo, montre tes lolos !* Quelle créativité ! Elle a soupiré : décidément, le niveau intellectuel de certains inscrits n'est pas très élevé… et Madelaine a omis ce paramètre quand elle a choisi de reprendre le pseudo de Léopoldine. D'ailleurs, pourquoi cette dernière n'a-t-elle pas reçu ce lot d'absurdité ? C'était à n'y rien comprendre. À croire que les personnages de papier savent mieux se tenir.

Madelaine est perplexe : elle n'imaginait vraiment pas ça comme ça. Perplexe, et gênée. Tous ces messages la mettent terriblement mal à l'aise. Elle décide de fermer la page du site et de ne plus y faire attention.

Dehors, les plants végètent toujours dans leurs pots. Madelaine les arrose tous les soirs, râlant quand l'eau tombe trop rapidement dans les petits récipients, charriant le terreau sur son passage et salissant la terrasse. Ils y semblent heureux, en admettant que l'adjectif puisse se rapporter à des plantes, même si elle se doute que bientôt certains seront trop grands pour continuer à se développer dans un si petit espace. Madelaine a jeté un coup d'œil au manuel emprunté à la médiathèque, mais elle n'a rien trouvé d'intéressant : elle a bien compris qu'il fallait rassembler les parties en bois entre elles, mais les planches sont lourdes et elle est incapable de les tenir l'une contre l'autre sans bouger, le temps de les visser, ou alors il lui faudrait un troisième bras. Elle devrait peut-être en parler à son fils : il n'est pas venu depuis longtemps et comme elle fête son anniversaire dans quelques jours, elle est sûre qu'il viendra. Il lui fait toujours la surprise de débarquer à l'improviste, et elle, elle fait semblant de ne pas s'y attendre alors qu'un repas mijote dans le four et que deux petits gâteaux les attendent dans le frigo. Il s'en occupera.

Une demi-heure plus tard, la vieille dame arrive à la médiathèque. Elle a déjà lu les deux romans empruntés la veille, mais a aussi lu et relu le manuscrit de la petite bibliothécaire et elle en est sûre : il est excellent et elle compte bien en retoucher quelques mots à la concernée. Il est impensable qu'elle ne tente pas de l'envoyer à un éditeur.

Juliette est là, fidèle au poste, et gratifie Madelaine d'un large sourire quand elle la voit. Madelaine aime bien ce petit bout de femme, et plus encore depuis qu'elle connaît ses talents d'écriture : elle pourrait même dire qu'elle l'admire. Écrire un livre : c'est une prouesse tout de même ! Madelaine a déjà des difficultés à écrire une simple lettre, alors rédiger des centaines de pages, réussir à rendre le tout cohérent et à tenir le lecteur en haleine… Oui, elle a bien tenu un petit journal intime quand elle était plus jeune, mais elle se contentait d'y écrire trois ou quatre phrases de temps en temps et, quand elle les relisait, elle les trouvait tellement mauvaises qu'elle les barrait. Il lui était même déjà arrivé d'en arracher les pages. À la fin, il ne restait plus grand-chose du cahier original. Pourtant, ce n'est pas faute de dévorer les livres. Plus jeune, à l'école, on lui assurait que lire autant lui permettrait d'être plus inspirée lors des activités d'écriture. Soucieuse de réussir, c'est à ce moment-là qu'elle avait commencé à avaler des pages, sans pour autant rencontrer l'inspiration. Qu'à cela ne tienne ! Elle avait, depuis, grâce aux livres, l'impression d'avoir vécu plusieurs vies et voyagé dans des endroits extraordinaires.

Elle imagine que Juliette est une fervente lectrice, elle aussi, certainement depuis son plus jeune âge. Parfois, elle la voit en train de bouquiner derrière le comptoir, des livres récents comme des œuvres plus anciennes. Madelaine l'a déjà croisée à la librairie, quand elle se promène avec sa fille, une jeune adolescente bien polie, mais elle ne croise jamais d'homme avec elle. Pourtant, c'est un joli brin de fille.

— Déjà terminé ? lui demande Juliette quand elle pose les livres sur le comptoir. Ça tombe bien, je vous ai gardé deux retours que vous n'avez pas encore eu le temps de découvrir.

— Oui, ça se lit vite, mais je n'ai pas été transportée, réplique Madelaine avant d'ajouter, profitant de l'occasion : je crois que je suis trop touchée par une autre lecture.

— Laquelle ? l'interroge Juliette en fronçant les sourcils.

— Un certain roman intitulé *Nos cœurs liés par deux claviers*, quelque chose comme ça, répond-elle malicieusement tandis que les joues de Juliette rosissent.

Voyant que cette dernière est gênée, Madelaine décide de ne pas en dire plus cette fois-ci, mais elle reviendra à la charge :

— Enfin, je vais lire ces deux livres, on verra s'ils leur arrivent à la cheville ! Ou plutôt, à la page de garde !

23
Juliette

Les journées sont parfois longues. D'ordinaire, Juliette prend un livre quand les lecteurs ne se bousculent pas à la médiathèque, mais là, elle n'arrive pas à se concentrer. Elle doit reprendre plusieurs fois la lecture d'une même page afin de la comprendre pour, finalement, ne pas retenir ce qu'elle lit.

Dehors, elle entend les cris des enfants qui jouent dans la cour de récréation. Ils doivent s'en donner à cœur joie, avec ce magnifique soleil, qui lui rappelle qu'elle irait bien se promener plutôt que de rester enfermée ici. Elle repense à sa fille, Roxane, qui courait elle aussi quelques mois plus tôt dans cette même cour de récréation. Juliette s'amusait parfois à regarder par la fenêtre, cherchant à l'apercevoir, le plus souvent en vain. Maintenant, elle ne courrait plus le risque de le faire : elle se prendrait une de ces soufflantes si sa fille la voyait se pointer devant la cour de son école ! Cette dernière lui reprocherait certainement de lui faire honte et de trop la *fliquer*, comme elle le dit parfois. Et elle aurait certainement raison. Maintenant, elle est au collège, à une demi-heure à pied de la bibliothèque. Si parfois il arrive à Roxane de rejoindre sa mère quand elle finit tôt, les occasions restent rares, l'adolescente préférant rester avec ses copines en permanence ou rentrer directement à la maison pour regarder une série à la télévision. Juliette regrette parfois la proximité que lui offrait son ancienne école.

Fatima n'arrivera pas avant 16 heures, ce qui laisse encore deux heures d'ennui à la jeune femme. Tous les livres sont rangés, les nouveautés, informatisées. Elle pourrait chercher des idées d'animations pour le prochain trimestre, s'intéresser aux futurs achats, mais elle n'a aucune motivation. Seule une chose lui trotte dans la tête : envoyer – ou non – son manuscrit. Il faut dire que Madelaine est tellement enthousiaste qu'elle la pousserait presque à croire qu'elle a écrit quelque chose de bon.

Elle finit par s'installer devant l'ordinateur et tape dans le moteur de recherche « comment envoyer son premier manuscrit ». De nombreux sites s'affichent, notamment des liens vers des forums. Elle choisit l'un d'entre eux, qui permet de suivre le parcours de différents auteurs depuis le début de la rédaction de leur texte jusqu'à, parfois, l'étape de la publication.

Les témoignages sont nombreux et intéressants. Elle comprend qu'il existe des maisons d'édition à compte d'auteur, qu'il faut visiblement fuir comme la peste, et d'autres, plus demandées, à compte d'éditeur. Elle découvre tout un vocabulaire qu'elle ne connaît pas : les à-valoir, les DA (droits d'auteur), les tirages, les mises en place… tout un champ lexical qui lui donne l'impression qu'un nouveau monde s'ouvre à elle. Mais, quand elle voit les délais d'attente pour avoir une réponse, quand il y en a une, elle pâlit : six mois ! Et parfois, certains doivent même attendre une année avant de recevoir un refus, puisque, malheureusement, elle se rend compte que souvent les réponses sont négatives, quand il y en a. Certains auteurs ont envoyé leur texte à plus d'une vingtaine d'éditeurs, sans résultat, et lire leur frustration ne la rassure pas. Mais plus elle tardera à l'envoyer, plus elle devra attendre une hypothétique réponse… Elle pourrait toujours créer, comme eux, une liste des éditeurs auxquels elle voudrait envoyer son manuscrit, il faudra qu'elle jette un coup d'œil aux différentes lignes éditoriales – encore un mot qu'elle a appris – de ces dernières, afin de ne pas recevoir trop de refus inutiles. Elle verra bien ensuite ce qu'elle en fera. Et le chiffre ahurissant de nouveautés qui sortent chaque année sur les tables des libraires prouve bien que les réponses positives existent, même s'il atteste aussi de la durée de vie éphémère de ces assemblages de papier.

Une heure plus tard, alors que Fatima arrive, la liste est presque prête. La jeune femme a recensé une dizaine de maisons d'édition dont la ligne éditoriale pourrait convenir. La plupart acceptent les envois par e-mail – elle privilégiera celles-là, n'ayant ni l'envie d'acheter une imprimante, ni celle de réitérer l'expérience en imprimant le texte à son travail. Il lui faudra encore rédiger une lettre de présentation du manuscrit et une biographie rapide, deux exercices qui lui semblent bien compliqués. Mais, autant elle n'était pas motivée au départ, autant, maintenant, elle ressent une certaine excitation à l'idée de se lancer dans cette nouvelle aventure. Elle pourrait peut-être même s'inscrire sur ce site et suivre avec impatience les réponses qu'espèrent les uns et les autres, en attendant les siennes.

— Ils ont tous fui à la plage ? interroge Fatima en approchant, en voyant le lieu désert.

— Certainement, sans penser à prendre un livre dans leur sac, s'amuse Juliette.

— Ou alors c'était l'heure de la sieste !

Au même moment, la porte s'ouvre et laisse apparaître un couple d'une quarantaine d'années. Les deux femmes se regardent et échangent un sourire de connivence.

24
Christina

C'est la première fois que Christina ne se rend pas à son travail. Elle s'est réveillée ce matin avec une migraine carabinée, certainement due au stress qui la ronge depuis quelques jours. L'histoire – ou plutôt l'absence d'histoire – avec Patrick lui rappelle des événements douloureux, et elle comprend qu'elle est encore loin d'avoir digéré tout ça. Même son footing matinal, qu'elle a dû écourter, n'a pas eu raison des particules négatives qui l'envahissent.

Elle a appelé son chef dans la matinée, a pris un cachet pour la douleur puis elle s'est recouchée jusqu'à l'heure du déjeuner. Si, grâce au comprimé, la tête était moins douloureuse, elle se sentait épuisée, le corps cotonneux. Le reste de l'après-midi a été consacré au visionnage de séries pas vraiment intéressantes à la télé, mais qui ont au moins eu l'intérêt de la faire penser à d'autres choses.

Elle a commencé à être sujette aux migraines quand elle est entrée dans le monde du travail. Rapidement propulsée en tant que directrice de son agence, elle avait dû travailler avec acharnement, raccourcissant ses nuits à l'extrême, se passant de week-ends, de jours fériés et plus encore de vacances. Cela n'avait pas été sans conséquence sur sa santé. Elle avait consulté un spécialiste à la suite d'une crise très importante pendant laquelle elle était incapable de regarder la lumière et vomissait. Elle avait été hospitalisée quelques heures, les infirmiers voulant supprimer tout risque de méningite ou autres joyeusetés. On lui avait expliqué que le stress était certainement la cause de ces maux de tête violents et qu'elle devait apprendre à décompresser, en exerçant une activité physique, par exemple. C'est à la suite de ça qu'elle était allée pour la première fois à la piscine un matin avant de se rendre au travail, et qu'elle avait continué en constant le bienfait de l'activité sur ses migraines comme sur son humeur, jusqu'à ce qu'elle quitte tout.

Vers 17 heures, Christina se rappelle que son éventuelle future colocataire est censée arriver dans une heure. Comment ce sera, quand elle sera là ? Christina aura-t-elle toujours le canapé rien que pour elle ? S'y lovera-t-elle encore, recouverte de son plaid polaire ? Pourra-t-elle regarder les chaînes qu'elle veut à la télévision ou devra-t-elle installer un écran dans sa chambre ? À moins qu'elle décide de passer moins de temps devant les programmes souvent insipides, ce qui ne serait pas forcément une mauvaise idée. Elle s'est toujours dit qu'elle l'allumait pour oublier la solitude, mais si Béatrice emménage ici, l'argument tombera à l'eau.

Une heure plus tard, Béatrice est là, ponctuelle, comme la première fois. Christina a rangé la maison, fait les poussières, passé l'aspirateur : le repos lui a fait du bien. Quand elle ouvre la porte à la jeune femme, cette dernière lui pose aussitôt les mains sur les épaules et lui fait la bise, à la plus grande surprise de Christina, qui ne s'en plaint pas, elle qui n'aime pourtant pas les contacts physiques d'ordinaire.

Après avoir fait rapidement le tour de la maison, sous le regard visiblement émerveillé de Béatrice, Christina apporte deux verres de vin blanc qu'elle pose sur la table.

— À notre future colocation ?

— À notre future colocation ! s'enthousiasme Béatrice. Cette maison est immense… On pourrait même y vivre à trois ! Ma chambre fait la taille de mon ancien salon ! Il y a quelqu'un dans la troisième ?

La chambre proposée par Christina fait un peu moins de quinze mètres carrés. Elle est lumineuse, déjà meublée d'un lit, d'un bureau et d'une grande armoire : le tout, en très bon état, a été laissé par les précédents propriétaires. Enfin, la vue par la fenêtre donne sur le jardin.

— Il y a de l'espace, en effet. J'espère que tu t'y sentiras comme chez toi. La troisième chambre est vide pour le moment, et je ne pense pas la louer. D'ailleurs, tu seras ma première colocataire.

— Oh ? Vraiment ?

— Oui, j'ai toujours vécu seule ici.

— Très bien, je suis ravie d'être cette première personne en tout cas ! J'espère que je ne te ferai pas changer d'avis ! ajoute-t-elle en souriant.

Christina répond au sourire. Elle est étonnée de se laisser si rapidement aller à la confidence et éprouve un soulagement qu'elle n'aurait pas imaginé ressentir quelques jours plus tôt, quand rien ne venait perturber sa rassurante routine. Elle apprécie que Béatrice se contente des informations qu'elle lui donne, sans chercher à en savoir plus : elle n'aime pas les personnes trop curieuses. Enfin, elle lui donne un contrat qu'elle a trouvé sur Internet et qu'elle a préalablement rempli.

— Ce ne sont que quelques formalités, pour officialiser la chose, précise-t-elle.

— Merci, souffle Béatrice en le rangeant dans son sac.

— Tu ne veux pas y jeter un coup d'œil ?

— Je le ferai plus tard, mais de toute façon ma décision est prise. Cette maison, c'est ce que je pouvais espérer de mieux. Je m'y sens déjà tellement bien !

Christina est touchée par les mots de sa nouvelle colocataire.

— Très bien, bienvenue alors ! Et tu souhaites emménager quand ?

— Le plus tôt serait le mieux, réplique Béatrice en se mordant l'intérieur de la joue droite, signe de nervosité. Samedi ?

Christina ne s'imaginait pas que cela serait aussi rapide. En même temps, elle sera certainement un peu rassurée de ne plus être seule, étant donné les derniers événements.

— Alors, je t'attends samedi ! 18 heures ! Je termine le travail à 17 heures, je serai disponible pour ton arrivée !

25
Madelaine

Vraiment, rien ne va ce matin. Elle s'est réveillée aux aurores, sans trouver le moyen de se rendormir, un moustique est rentré dans sa chambre et ne l'a pas lâchée de toute la nuit, ses hanches la font souffrir et, comble du comble, l'un des plants qu'on lui a livrés cinq jours plus tôt vient de rendre l'âme. D'après les traces qu'elle a pu observer dans son jardin, elle soupçonne le chat de sa voisine d'être venue fureter sur sa terrasse et de n'avoir fait qu'une bouchée de ses plants d'épinards. Il croit quoi, le matou ? Que ça va le rendre fort comme Popeye ? Si c'était vrai, il y a bien longtemps que Madelaine en mangerait tous les jours à son petit déjeuner. Elle qui n'aimait déjà pas particulièrement ces petites créatures à quatre pattes, bien trop manipulatrices à son goût…

Et son profil créé sur le site de rencontres n'arrange rien : elle ne reçoit toujours que des messages honteusement déplacés, qu'elle ose à peine lire, en se cachant parfois les yeux tellement elle a l'impression que ce qu'elle peut y déchiffrer va lui griller la rétine. Elle découvre des mots dont elle ne connaissait pas l'existence, mais le contexte suffit souvent pour qu'elle comprenne… et, quand ce n'est pas le cas, elle n'a aucune envie d'en savoir plus.

Vers 11 heures, après ses tours habituels chez les commerçants, elle se rend à la médiathèque. Les bibliothécaires organisent une rencontre avec un auteur qui vient de sortir son premier roman, texte que Madelaine n'a pas encore lu, suivi d'un apéritif : c'est toujours mieux que de rester planter chez soi, à ruminer.

Quand elle entre dans la salle, plusieurs personnes sont déjà installées. Trois tables ont été placées côte à côte, un bouquet de fleurs est posé sur celle de droite. En face, une trentaine de chaises sont disposées en arc de cercle. Un peu plus loin, au fond de la salle, Fatima et Juliette sont en grande discussion avec un homme d'une cinquantaine d'années : certainement l'auteur invité. Sans dire un mot, Madelaine rejoint l'une des chaises vides, pose ses mains sur ses cuisses et attend. Quelques minutes plus tard, alors que ses pouces tournent inlassablement l'un après l'autre, quand son regard croise celui de Juliette, la librairie la salue d'un signe de tête, accompagné d'un sourire. L'attention, insignifiante pour certains, la touche.

Autour d'elle, tout le monde semble se connaître et papote. C'est dans ce genre de moment qu'elle se sent seule.

Quand l'auteur prend la parole, Madelaine sent que la conférence sera passionnante. Dans son livre, il est question de l'immigration, de la quête de son identité quand on se retrouve migrant dans un pays dont on ne connaît rien, pas même la langue, et qu'on a perdu toute sa famille. L'angoisse d'être seul dans une multitude, un petit grain de sable dans la masse. Chercher son existence dans le regard de l'autre. Se demander si on est encore en vie. Un récit poignant, qui se nourrit autant de ce qu'il a pu vivre que d'éléments de pure fiction. Le cœur de Madelaine se serre à la lecture de certains passages. C'est ce genre de récit qui nous fait relativiser nos propres malheurs. On ne réalise pas toujours la chance que l'on a d'être né dans un pays comme le nôtre, dans lequel on peut se soigner, se vêtir, se nourrir, où l'eau propre coule à profusion. Un pays qui ne connaît plus les ravages de la guerre, même si le spectre du terrorisme rôde, comme pour nous rappeler qu'il faut profiter de la vie. C'est grâce à l'amour que cet homme a trouvé la force de s'en sortir. Non pas l'amour d'une femme, mais l'amour qu'il voue à la vie. Quelle belle déclaration !

Dans une seconde partie, tout aussi intéressante, l'auteur explique comment il a trouvé un éditeur. Après avoir essuyé de nombreux refus, il a enfin reçu, alors qu'il commençait à ne plus y croire, une réponse positive. Au début, il a cru à un canular téléphonique : il n'espérait plus rien, son texte avait été envoyé sept mois plus tôt. Mais, quand l'éditeur a commenté certains passages du livre, il a compris que ce n'était pas ça. Il lui a fallu plusieurs jours pour réaliser que c'était son rêve qui allait être exaucé.

Madelaine regarde Juliette qui est très attentive aux explications de leur invité : se serait-elle enfin décidée à sauter le pas ?

Au moment des questions, Madelaine lève la main, en piaffant sur sa chaise :

— Que conseilleriez-vous à une personne qui a écrit un roman, mais qui n'ose pas l'envoyer ?

Madelaine n'a pas besoin de regarder Juliette pour sentir son regard inquiet posé sur elle. Pourtant, elle n'a rien à craindre : Madelaine ne révélera jamais ce qu'elle sait.

— Je lui conseillerais d'oser, tout simplement. Dans le meilleur des cas, elle sera publiée. Dans le pire, cela ne changera rien à sa vie, si ce n'est que cette personne ne pourra pas avoir de regrets.

— Et si elle craint que son texte ne soit pas suffisamment bon ?

— Il faut plutôt se méfier des personnes qui sont certaines d'avoir pondu un excellent manuscrit et qui s'en gargarisent. Elles sont souvent imbues d'elles-mêmes et ne sont pas capables de revenir sur le texte. Rien n'est parfait. Mais l'éditeur est capable de trouver quel texte aura le potentiel d'être un bon roman, après quelques corrections.

La vieille dame le remercie et regarde cette fois-ci Juliette, plongée dans ses pensées.

26

Juliette

La rencontre s'est merveilleusement bien passée. Une vingtaine de lectrices était présente, quelques lecteurs aussi et les échanges n'ont pas connu de temps morts.

Elle a rougi en écoutant les questions posées par Madelaine. Elle ne sait pas si cela s'est vu, mais la jeune femme a très bien compris où la lectrice voulait en venir, et a craint un moment qu'elle ne dévoile son secret. En tout cas, l'auteur, sans le savoir, l'a confortée dans son idée.

Les coupes sont presque vides, comme les verres de jus de fruit, mais quelques personnes sont encore présentes, notamment Madelaine. La vieille dame rit fort et Juliette sourit en regardant la coupe vide qu'elle tient à la main : en voilà une qui a l'alcool rapidement heureux. Quand elle remarque que le regard de Juliette est posé sur elle, l'octogénaire avance vers elle et déclare, sans préambule, d'une voix un peu plus chevrotante que d'habitude :

— Vous avez entendu, ma mignonne, il faut vous lancer.

Juliette sent le rouge lui monter aux joues et regarde autour d'elle, pour être certaine qu'on ne l'ait pas entendue.

— Ne rougissez pas comme ça, je ne suis pas en train de vous parler d'une proposition malhonnête ! Ce n'est plus de mon âge ! ricane Madelaine

— Je sais bien, c'est seulement que…

Elle s'arrête et cherche ses mots.

— Que ?

— Que je dois encore écrire une lettre de présentation du manuscrit avant de l'envoyer, et je trouve ça très compliqué.

À vrai dire, elle n'a pas encore pris le temps d'essayer de la rédiger, mais c'est la seule chose qui lui est venue à l'esprit.

— Moi, j'ai lu votre roman, trois fois, au total. Je l'ai même encore à la maison.

— Vous l'avez encore ? Comment ça ?

Juliette fronce les sourcils tandis que Madelaine pose une main devant sa bouche.

— Enfin, je veux dire, je l'ai encore bien en tête. Je peux vous la faire, moi, cette lettre. Ce n'est pas si compliqué, mon fils m'en a déjà parlé un tas de fois : mettre en avant le thème principal, montrer en quelques lignes en quoi ce texte est unique, blablabla…

Mince ! Juliette ne s'attendait pas à ça. Mais un autre point l'interroge :

— Votre fils ?

— Oui, mon fils est éditeur, je ne vous l'ai pas encore dit ?

Juliette fait non de la tête.

— Je ne savais pas que vous aviez un fils.

— Oui, un grand garçon, Julien. D'ailleurs, vos deux prénoms commencent par un J ! C'est rigolo ! se gausse Madelaine, en secouant sa coupe vide.

— Il faudra qu'on prenne le temps de papoter un de ces quatre. Pourquoi ne passeriez-vous pas à la maison ?

— Euh, oui, pourquoi pas, si vous voulez…

Tout à coup le regard de Madelaine, décidément inspirée, s'illumine.

— Je sais ! Je vais vous aider à écrire votre lettre de présentation et, en échange, vous m'aidez à faire comme Léopoldine.

Juliette ne comprend pas où Madelaine veut en venir. Décidément, cette dame est surprenante.

— Comme Léopoldine ? C'est-à-dire ?

— L'inscription, sur le site de rencontres. J'ai essayé et je n'ai que des réponses plutôt…

Elle poursuit, en baissant la voix et en se rapprochant de Juliette :

— Plutôt assez basées sur le sexe. Et pas de choses mignonnettes, non, des propositions parfois assez… trash, je crois que c'est le bon mot.

Juliette la regarde, les yeux ronds comme des ballons.

— C'est-à-dire ?

— Eh bien, vous savez… Lolo, puisque j'ai pris le même pseudo, montre tes seins, est-ce que tu veux voir ma…

— Oui, oui, c'est bon, Madelaine, la coupe Juliette en se mordant les lèvres pour ne pas éclater de rire. Mais vous voulez dire que vous vous êtes vraiment inscrite sur un site de rencontres ?

— Bien sûr que oui ! Ça vous étonne ? On peut s'y mettre à tout âge, vous savez ! Oh, je ne veux pas le grand amour, rassurez-vous. Mais un peu de compagnie ne serait pas désagréable, au contraire. Rien que pour mettre en place mon carré potager.

L'idée que Madelaine ait pu s'inscrire sur un site de rencontres lui semble complètement contraire à l'entendement, mais la discussion, aussi loufoque soit-elle, l'intéresse.

— Et que souhaitez-vous que je fasse, exactement ?

— C'est bien simple : vous allez m'apporter votre aide pour refaire mon profil. M'aider à trouver mon âge, mes mensurations, ma description et même mon pseudo, afin que je ne sois pas prise d'assaut par des hommes un tant soit peu, disons… très imaginatifs, ou très désespérés : j'imagine que cela dépend du point de vue.

— Mais, votre âge, vos mensurations… il n'y a que vous qui les connaissez, réplique Juliette, médusée.

— Mais je fais comme Léopoldine !

— Vous faites comme Léopoldine ? Comment ça ?

— Enfin, on croirait presque que vous ne l'avez pas lu ! s'amuse Madelaine. Elle ment sur son âge ! Sur quasiment tout le reste aussi ! Et ça ne l'empêche pas de trouver l'amour…

Juliette ne sait pas si elle doit rire ou non. Si elle avait pensé un jour, en créant le personnage de Léopoldine, qu'une dame âgée de plus de quatre-vingts ans s'en servirait comme modèle… Alors que Juliette s'apprête à répondre, Madelaine lui coupe la parole :

— Mais je n'ai pas fini. En échange, donc, je vous aide : j'ai vu quelques coquilles dans votre manuscrit

– je crois qu'on appelle ça comme ça –, je peux vous les corriger, vous aider à préparer la fameuse lettre de présentation comme je vous en ai déjà parlé, mais aussi, pourquoi pas, envoyer le manuscrit à mon fils !

Son manuscrit envoyé directement à un éditeur ! Le rêve !

— Bon, cela ne veut pas dire qu'il le publiera, mais il fera bien un retour rapide pour sa petite maman chérie.

— Madelaine, je ne sais pas quoi dire… bafouille Juliette, prise de court.

— Dites oui, tout simplement. Alors, marché conclu ?

Madelaine lui tend la main, un sourire malicieux aux lèvres.

Après avoir hésité quelques secondes, Juliette tend sa main à son tour. Après tout, que risque-t-elle ?

— Marché conclu !

27
Madelaine

Quand elle a bu un peu d'alcool, elle devient volubile, dès la première gorgée dégustée. Le problème, c'est que quand elle s'en rend compte, il est déjà trop tard.

Qu'est-ce qui lui a pris, de parler ainsi avec Juliette ? Lui proposer l'aide de son fils, passe encore, mais lui demander de l'aider à remplir son profil sur le site de rencontres… Jamais elle n'aurait imaginé parler de cette aventure à quelqu'un. D'ailleurs, sans cette coupe de pétillant, l'aurait-elle fait ?

Elle doit bien admettre qu'avec cette jeune femme, c'est comme si elle se sentait en confiance, comme si elle pouvait lui avouer la moindre de ses pensées, sans la crainte d'être jugée. C'est un peu idiot, quand elle y pense, puisqu'elles ne se connaissent pas, elles ne font que se croiser à la bibliothèque, rarement ailleurs. Pourtant, au fond d'elle, c'est ce qu'elle ressent. Ça doit être une sorte de sixième sens. Ou alors, elle espère tellement tomber sur une personne capable de la comprendre qu'elle imagine que ce sera le cas. Elle doit la prendre pour une vieille folle désespérée. Or, si elle est bien vieille, elle refuse de s'identifier aux deux autres qualificatifs.

Quand elle était plus jeune, d'aussi loin qu'elle s'en souvienne, Madelaine était plutôt le genre de fille à avoir toujours des amies, sans être forcément populaire. La petite fille seule dans la cour ? Ce n'était jamais elle. Celle qu'on regardait étrangement ou dont on se moquait ? Encore moins. Le seul garçon qui s'était amusé, une fois, à se moquer d'elle – il avait fait un jeu de mots stupide sur son prénom, digne des plus grosses daubes publicitaires : *Madelaine, mauvaise haleine*, avait eu le nez cassé. Elle ne se laissait pas faire, elle avait son caractère ! Enhardie par cet épisode, elle avait même eu une période, durant l'adolescence, dont elle n'était pas très fière. Elle pensait qu'en s'en prenant aux autres (à celles et à ceux qui jouaient tranquillement dans leur coin, qui ne lui répondaient pas quand elle posait une question), elle serait encore plus forte et plus appréciée : ce ne fut pas le cas. Ses copines avaient commencé à lui confier moins de choses, elle les sentait moins à l'aise et elle voyait naître dans leurs regards quelque chose qu'elle ne connaissait pas et qu'elle avait fini par identifier : la peur. Elle ne pouvait pas leur en vouloir, elle était très volcanique et pouvait partir au quart de tour, même pour une broutille. Heureusement, ce moment d'égarement n'avait pas duré très longtemps : les grandes vacances avaient pointé le bout de leur nez et ses neurones avaient rétabli le contact.

Quoi qu'il en soit, elle avait passé une excellente matinée à la bibliothèque et avait eu la chance de repartir avec un exemplaire dédicacé par l'auteur, qu'elle ne tarderait pas à commencer. En attendant, elle se décide à relire pour la quatrième fois le manuscrit de Juliette : il faut qu'elle soit prête pour lundi. Armée d'un crayon rouge, elle passe à la loupe chaque mot, chaque signe de ponctuation. Pas une seule phrase ne lui résiste.

28
Christina

Christina attend avec une impatience non dissimulée la venue de sa nouvelle et première colocataire. Elle ressent un mélange d'excitation et d'appréhension qu'elle essaie de modérer : après tout, elle n'a rien à craindre. La jeune femme n'a pas le profil d'une psychopathe et semble plutôt bien dans sa peau. Tout ce qu'elle risque, c'est de se lier un peu plus d'amitié avec elle et de se sentir moins seule.

Dans le corridor qui mène de la porte d'entrée au salon, elle a déplacé un ancien meuble un peu bancal, qui lui sert à poser tout son bric-à-brac quand elle rentre. Elle imagine que le couloir sera plein de cartons rapidement, Christina pourra toujours les amener dans la chambre de Béatrice si cette dernière a besoin de faire des allers-retours. Pourtant, quand celle-ci sonne à la porte, Christina découvre que la jeune femme n'a dans son dos qu'une grande housse en forme de guitare et porte un gros sac de randonnée dans chaque main. Elle ne semble même pas être venue en voiture : une vieille bicyclette, que Christina a déjà vue, est posée contre un arbre non loin de la porte d'entrée. Comment a-t-elle fait pour porter tout ça, perchée sur un vélo ?

— Tu n'as que ça ? s'étonne-t-elle en se reculant pour la laisser passer.

— Oui, et c'est bien suffisant !

— Mais tu n'as pas de voiture ? Tu veux que je prenne la mienne pour aller chercher les cartons ? s'inquiète Christina.

— Non, non : rassure-toi. J'ai le plus important avec moi, et il ne me reste que quelques bricoles à apporter, je le ferai une prochaine fois. Je n'ai jamais eu grand-chose, je n'aime pas m'encombrer inutilement.

— D'accord, répond Christina, surprise.

Une fois dans le salon, Béatrice pose ses affaires et sort un dossier de l'un de ses sacs.

— Voici le contrat, soigneusement rempli et signé.

— Merci ! Mais il n'y avait pas d'urgence, tu sais ! Prends le temps de t'installer…

— J'aime quand tout est fait dans les règles, sourit la jeune femme, ça me rassure.

— Si c'est pour te rassurer alors…

Christina prend un crayon et signe à son tour le document.

— Voilà, nous sommes officiellement toutes les deux liées ! Je te laisse prendre possession des lieux. Tu peux aller poser tes affaires dans ta chambre si tu le souhaites. Je t'ai fait aussi une place dans la salle de bains.

La salle de bains de Christina est à l'image de sa maison : spacieuse. Quand elle a racheté la maison, elle n'a pas eu besoin d'y faire grand-chose puisque seuls les murs ont été repeints d'un bleu clair satiné. La pièce de toilette est dotée d'un meuble de salle de bains à double vasque argenté, les femmes auront chacune leur côté sans empiéter sur l'espace de l'autre, ce qui est primordial pour Christina. Elle a aussi vidé complètement le meuble situé à côté de la vasque destinée à Béatrice.

Alors que cette dernière s'éloigne, le téléphone de Christina sonne. Elle jette un coup d'œil sur l'écran et son visage se ferme quand elle voit apparaître l'identité de l'appelant : Patrick. Elle rejette l'appel et met son téléphone en mode silencieux. Elle va finir par bloquer son numéro de téléphone : ses appels fréquents lui sont insupportables. Il faut seulement qu'elle trouve comment faire et qu'il ne se mette pas à l'appeler en numéro masqué.

Ces derniers jours, elle a du mal à s'en dépêtrer. Il est venu la voir plusieurs fois à la caisse du supermarché, avec un motif toujours différent et fallacieux. Quand il ne travaillait pas, c'était à sa caisse qu'elle le voyait. Lui qui ne faisait jamais ses courses dans le magasin est devenu le client le plus fidèle, pouvant même attendre un quart d'heure à sa caisse pour acheter une conserve de tomates pelées. Dès qu'elle le voit, elle sent son ventre se tordre. Une fois ou deux, ses mains ont touché les siennes et elle est convaincue que ce n'est pas un simple hasard. Le contact, pourtant éphémère, lui a à chaque fois procuré une espèce de décharge électrique très désagréable. Elle a l'impression que le contact de sa peau sur la sienne la brûle. Une nuit, elle a même rêvé qu'il posait sur le tapis roulant une boîte de préservatifs… roses !

Avec tout ça, elle a de plus en plus de mal à garder son calme, d'autant que des collègues, autour d'elle, commencent à jaser. L'idée qu'on puisse les imaginer en couple ne la dérange pas : les gens peuvent bien penser ce qu'ils veulent… mais elle craint surtout que cela donne encore plus d'espoir à son collègue. Elle a même entendu des propos peu sympathiques à son endroit, provenant de Patricia, toujours aussi désagréable envers elle, alors qu'elle rejoignait la salle de repos. Elle est convaincue d'avoir entendu le mot *allumeuse*…

Le temps que Béatrice se prépare, Christina se rend à la cuisine. Elle a choisi de gâter sa colocataire pour leur première soirée entre filles, avec un risotto aux Saint-Jacques et aux morilles, accompagné d'un vin blanc de Bordeaux. Elle espère que cela lui plaira. Elle a aussi préparé le matin même un bavarois léger à l'ananas et au chocolat blanc, une première pour elle. Elle s'était autant régalée à le pâtisser qu'à lécher le plat une fois la préparation terminée, comme elle aimait le faire enfant. Elle ne sait pas si la jeune femme aime faire la cuisine, mais Christina aime l'idée de cuisiner pour quelqu'un d'autre : c'est plus motivant que pour elle seule.

Dix minutes plus tard, quelqu'un sonne à la porte. Béatrice revient dans le salon au même moment.

— Tu attends quelqu'un ? lui demande-t-elle.

— Non, personne ne sait encore que je vais habiter ici et je ne connais pas grand monde dans le coin. Et toi ?

La jeune femme lui répond qu'elle n'attend personne.

Un peu méfiante, Christina s'approche et ouvre la porte, alors que la personne sonne pour la seconde fois.

— Il est impatient celui-là, remarque Béatrice

Si la surprise est de taille quand elle découvre qui lui fait face, elle n'en est pas bonne pour autant. Au contraire. Christina se mord instantanément l'intérieur de la joue droite pour être sûre de ne pas être en train de faire un cauchemar.

— Patrick… Que fais-tu ici ?

Il est vêtu d'un smoking noir dont la veste, fermée, lui boudine le ventre, et tient un gros bouquet de fleurs rouges entre les mains.

Le cœur de Christina bat à tout rompre. Les fleurs : ce sont des roses, cette fois-ci. Des roses rouges. Elle les imagine piquantes. Il veut la blesser, c'est ça. Il joue. Il s'amuse avec elle. À tous les coups, il connaît son ex… et ils ont tout manigancé. Ses pensées s'emballent et s'entrechoquent, elle bout. Elle se retient pour ne pas lui cracher au visage son ras-le-bol : qu'il la laisse tranquille ! L'espace d'un instant, elle regrette de l'avoir sauvé.

– Je voulais t'inviter à dîner, balbutie-t-il tout en lui tendant le bouquet qu'elle refuse de prendre.

Une dizaine de mots, plus vulgaires les uns que les autres se posent sur les bords de ses lèvres. Elle essaie de contrôler sa respiration mais la tâche est délicate. Finalement, elle parvient à cracher un :

— Je… je suis désolée, mais je suis occupée…

Elle doit se contenir. Elle a l'impression de voir Gérald. Les deux visages se superposent, ça en devient terrifiant. Plus rien n'existe autour d'elle. Plus rien, sauf ce double visage, déformé, hideux, qui lui fiche la trouille. De sa main droite, elle prend un bibelot, posé sur le meuble à côté d'elle. Il est froid. Elle reconnaît la petite statue en forme d'ange, en marbre. Elle se voit déjà en train de lui fracasser l'angelot sur le visage.

Heureusement, Béatrice arrive et lui passe un bras réconfortant autour de la taille. Christina relâche aussitôt l'objet, retrouve un peu ses esprits et sent la pression retomber.

— Un problème, ma chérie ?

— Non, non, du tout, répond Christina, soulagée.

— Oh, ces fleurs sont magnifiques ! s'extasie Béatrice en regardant le bouquet. Elles sont pour moi ?

Elle ajoute, en attrapant le bouquet :

— Vous êtes le livreur, c'est ça ?

— Euh, balbutie Patrick. Oui, oui, c'est ça !

— Merci, merci ! Oh, c'est tellement adorable ma chérie ! C'est vrai que ça fait déjà un an ! Et dire que moi, je n'ai rien prévu…

Tout en parlant, elle referme la porte d'entrée, ne tournant une dernière fois le visage vers Patrick que pour lui adresser un petit signe de la tête.

Au moment où la porte claque, Christina la verrouille aussitôt. Puis, elle se retourne et s'adosse à cette dernière, comme si elle voulait empêcher qui que ce soit d'entrer. Elle ferme les yeux, inspire et expire de longues secondes. Quand elle les rouvre, elle tombe face au visage inquiet de sa sauveuse.

— Merci, Béatrice, merci… Vraiment !

— Je t'en prie. En revanche, que les choses soient claires. Tu n'es pas vraiment mon genre, rassure-toi, ajoute-t-elle en souriant.

Christina est touchée par l'intervention inopinée et salutaire de sa nouvelle colocataire et par l'apparente légèreté qu'elle dégage. Elle n'imagine pas à quel point elle l'a aidée. Puis, devant la face mutine de cette dernière, elle éclate de rire. Un rire long, sonore, presque guttural, qui n'en finit pas. Un rire qui l'aide à libérer toutes les tensions qu'elle a, si soudainement, accumulées. Le rire de Béatrice se joint au sien dans une belle cacophonie.

Une fois qu'elle parvient à se calmer, Christina remercie encore une fois la jeune femme. Quelle bonne idée elle a eue de proposer une des chambres de la maison en location !

— Je t'en prie ! Ce n'était rien ! J'ai bien senti que tu étais dans l'embarras. Tu lui as sauvé la vie pour qu'il te regarde avec autant d'admiration ?

— Tu ne crois pas si bien dire…

Christina raconte l'histoire qui s'est passée au restaurant à une Béatrice amusée, mais n'explique pas pourquoi elle ne supporte pas qu'un homme s'intéresse de près ou de loin à elle.

— Je vais me sentir en sécurité ici, c'est rassurant ! s'amuse cette dernière. Il est donc tombé amoureux de toi parce que tu l'as sauvé ! Ça doit être le syndrome de quelque chose… un peu comme celui de Stockholm, tu vois, quand la personne kidnappée tombe amoureuse de son ravisseur. Il aime ce que tu as représenté pour lui à ce moment-là, mais ce n'est pas vraiment toi.

Christina sourit. Elle ne pensait pas emménager avec une psychologue.

— Le problème, c'est que cela m'a attiré les foudres de Patricia, une collègue. Depuis cet incident, elle me lance des regards mauvais, ne répond plus à mes bonjours et je l'ai entendue me critiquer alors qu'elle discutait avec une autre collègue.

— Oh mince ! Elle est amoureuse de ce Patrick ?

— C'est la conclusion à laquelle je suis arrivée aussi, puisqu'avant, notre relation était, disons… plus cordiale !

— J'imagine… Mais sait-elle qu'il ne t'intéresse pas ?

— Elle doit bien remarquer que sa présence ne me fait ni chaud ni froid, mais tant que lui s'intéressera à moi…

— Eh bien, ça devrait changer, maintenant qu'il pense que tu aimes les femmes, rit Béatrice. Et…

Elle s'arrête un moment, se frotte le bas du visage avec la main droite et reprend :

— Si tu essayais de les mettre ensemble ? Je sais, ça semble gamin, mais tu serais définitivement débarrassée, des regards haineux comme de l'amoureux transi !

Christina regarde Béatrice, étonnée, mais intéressée.

— Mais comment veux-tu que je fasse ?

— C'est facile…

29

Juliette

Elle ne sait pas vraiment à quoi s'attendre quand elle se tient sur le pas de la porte de la maison de Madelaine, un petit sac dans la main droite. Elles sont, toutes les deux, convenues de se retrouver ce lundi à 17 heures, jour de fermeture de la médiathèque.

Madelaine vient lui ouvrir rapidement, comme si elle s'était tenue derrière la porte en attendant son arrivée. Un immense sourire égaye son visage.

— Entrez, ma petite, lui glisse-t-elle en rentrant dans son salon.

Juliette la suit. Elle sent une douce odeur de café qui embaume la pièce au moment où elle pénètre dans le salon qui jouxte la cuisine.

— Installez-vous, ajoute la vieille femme en lui désignant la table du salon. Vous souhaitez un petit café ?

— Volontiers Madelaine, merci.

La vieille dame part dans la cuisine et revient quelques minutes après avec une tasse fumante.

— Vous n'en buvez pas ? s'étonne Juliette

— Jamais. Je préfère la chicorée, c'est moins mauvais pour ma santé selon le docteur.

— Mais comment avez-vous su que j'allais en boire ?

— Vous avez toujours un mug de café pas loin de vous à la médiathèque, sourit Madelaine

Juliette est touchée par l'attention. Elle en profite pour sortir une petite boîte de son sac, qu'elle tend à Madelaine :

— J'ai même prévu de quoi l'accompagner !

— Oh, il ne fallait pas ma petite ! s'exclame Madelaine, étonnée.

— Ce n'est pas grand-chose… réplique Juliette, ravie de voir l'effet de sa surprise.

Elle ouvre la boîte. Ses yeux pétillent de gourmandise quand elle voit les macarons qu'elle contient.

— Oh ! J'adore ça ! On va se régaler !

— Il faut savoir se mettre en bonne condition ! s'amuse Juliette en lui faisant un clin d'œil. Par quoi on commence ?

— Par vous !

Une demi-heure plus tard, les deux femmes ont une ébauche de la lettre de présentation du manuscrit, écrite au stylo, entre les mains. Juliette est stupéfaite par Madelaine : elle a l'impression que la vieille femme connaît encore mieux l'histoire qu'elle.

— J'ai l'impression que vous l'avez lue encore et encore ! s'exclame-t-elle, ébahie.

— C'est presque ça, répond timidement la vieille dame en rougissant.

Juliette la regarde, cherchant à comprendre comment cela serait possible : elle ne l'a gardé que quelques heures ! Soit elle a une excellente mémoire, soit elle cache quelque chose…

— Que voulez-vous dire par *c'est presque ça* ?

L'octogénaire se lève, se dirige vers le secrétaire et sort un dossier de l'un des tiroirs. Quand elle revient vers la table, elle le tend à Juliette. Cette dernière ouvre la chemise cartonnée et pousse un cri de surprise en lisant le titre sur la première page :

— Vous l'avez photocopié !

Elle lève la tête vers Madelaine qui baisse la sienne, honteuse. Elle s'explique, d'une voix tremblotante :

— Je… je ne savais pas que c'était le vôtre… et je devais le rendre… mais il était tellement bien écrit ! L'idée de ne plus pouvoir le lire me fendait littéralement le cœur… Vous savez, j'aime relire les livres qui m'ont plu.

Juliette ne répond pas, abasourdie par ce qu'elle entend. Elle est par la déclaration mais a aussi l'impression d'avoir été volée. Pourtant, quand elle voit le visage désolé de Madelaine, elle ne peut se résoudre à se fâcher.

— Vous m'en voulez ? demande celle-ci d'une petite voix.

Juliette garde le silence un petit moment, avant de répondre, en soupirant :

— Non, Madelaine. Mais promettez-moi que la prochaine fois, vous éviterez ce genre de chose…

— C'est promis.

— Et promettez-moi que vous ne le ferez lire à personne !

Elle promet, tout en croisant les doigts de la main droite, planquée derrière son dos. Après tout, elle ne sait pas de quoi demain sera fait.

— Maintenant à vous ! Montrez-moi ce profil !

Madelaine retrouve le sourire. L'ordinateur était déjà allumé. Elle ouvre une page internet et se connecte sur son profil. Aussitôt, une fenêtre pop-up s'affiche pour lui indiquer la réception de dizaines de messages, que la vieille dame affiche. Juliette est abasourdie par le contenu de ces derniers : des demandes de numéro de téléphone pour aller *baiser*, des messages érotiques, et même une photo de... non ! Ce n'est pas ça quand même ! Mais Madelaine confirme son impression :

— Eh oui, la pudeur ne semble plus avoir sa place sur Internet...

Elle émet un petit rire avant de reprendre :

— En plus, on ne peut pas dire qu'il soit particulièrement bien membré.

Juliette pouffe de rire à cette remarque. Madelaine sait faire preuve d'humour, dans toutes les circonstances.

— Je peux regarder votre profil ?

— Allez-y ! répond-elle en lui laissant la souris.

Juliette clique sur une petite icône pour trouver le profil de Madelaine. Aussitôt, la photo la surprend. Pensant s'être trompée quelque part, elle clique à nouveau sur l'item « Mon profil » : la même photo revient...

— Mais ce n'est pas vous !!

Juliette a l'impression d'avoir déjà croisé ce visage, mais elle ne sait plus où. Madelaine rougit, à nouveau.

— Non, mais avouez qu'elle est plus photogénique que moi, non ?

— Ce n'est pas la question Madelaine, vous ne pouvez pas !

Elle consulte la suite du profil : soixante-cinq ans, un mètre soixante-dix, soixante kilos…

— Madelaine…

— Mais je n'ai fait que suivre les conseils de Léopoldine ! se défend-elle.

— Qui est un personnage romanesque, Madelaine, pas un modèle ! Et j'ai l'impression que vous avez un peu exagéré, tout de même…

— Alors, on fait quoi ?

Elle lui répond qu'il faut tout reprendre à zéro.

— Tout ?

— Oui, tout ! Et on va commencer par changer de site… Je ne suis pas persuadée que ce soit celui-ci qui vous convienne le plus.

30

Madelaine

Déjà deux. C'est le deuxième plant qui meurt en trois jours. Cette fois-ci, ça ressemblait à un plant de courge : il n'avait certainement plus assez d'espace pour se développer. Face à ce décès prématuré, Madelaine ne peut pas s'empêcher d'avoir un pincement au cœur : si elle avait été capable de construire ce maudit carré potager… Enfin, son anniversaire est dans cinq jours : son fils pourra certainement s'en occuper. Espérons que, d'ici là, il lui en restera quelques-uns…

Pour se remonter le moral, elle a décidé de se faire plaisir en passant à la boulangerie : un pain au chocolat et un croissant ont accompagné son petit déjeuner. Le médecin lui a dit lors de la dernière prise de sang – certes, c'était un an plus tôt, mais cela n'a pas dû changer tant que ça – qu'elle avait la santé d'une quarantenaire : elle peut bien se faire plaisir.

Elle allume l'ordinateur tout en sirotant sa chicorée, alors que sur ses doigts des miettes de croissant sont encore collées : c'est devenu sa petite habitude matinale. Elle veut regarder si elle a reçu un message d'un prétendant…

Juliette a supprimé son ancien compte. À deux, elles en ont créé un autre sur un site différent, *réservé aux femmes et aux hommes d'âge mûr*, comme il est écrit. La vieille femme ne savait même pas que ça existait ! Décidément, on n'arrête pas le progrès. Elle a bien essayé de protester, arguant qu'elle n'était pas encore d'*âge mûr* – quelle odieuse expression, d'ailleurs –, pour finalement se résoudre à indiquer sa véritable date de naissance, mais aussi à renseigner sa vraie taille et son vrai poids, à quelques dixièmes près pour ce dernier : Juliette n'allait tout de même pas la faire monter sur la balance pour vérifier. Il n'y a qu'un point sur lequel elle a encore, disons… édulcoré la vérité, en toute discrétion. En effet, une fois sa nouvelle camarade sortie, elle a chargé en photo de profil celle de l'ancien compte, refusant par timidité d'afficher son visage et s'étant promis de rétablir la vérité une fois qu'elle se serait assurée du sérieux du site. Après tout, elle se montrait seulement prudente…

Depuis, elle n'a reçu que trois messages. Et pas un seul de plus ce matin. Dans le premier, c'était un modérateur du site qui lui souhaitait la bienvenue. Elle, dont le cardio s'était affolé en voyant le chiffre 1 s'inscrire sur la boîte de réception, avait alors vite déchanté. Dans le second, un homme lui demandait si elle aimait les fleurs, sans formule de politesse. Madelaine, attachée aux convenances sociales, avait répondu en indiquant qu'un « bonjour » lui aurait semblé plus amical : l'homme n'avait pas répondu. Enfin, le troisième venait… d'une femme. Madelaine lui avait répondu gentiment qu'elle avait toujours préféré les hommes et qu'elle ne comptait pas changer de bord à deux pieds de la tombe.

Elle soupire. Son profil a pourtant été vu quarante-trois fois. Au moment où elle s'apprête à refermer le clapet de l'ordinateur, une sonnerie l'avertit de la réception d'un nouveau message qu'elle s'empresse de lire aussitôt :

John H : Bonjour, Mamidoo – c'était le pseudo qu'elles avaient choisi –, comme vous, j'aime la nature et la littérature, surtout les romans policiers. Pouvez-vous m'en dire un peu plus sur vous ? Amicalement.

Son cœur bat à cent à l'heure : enfin un message qui peut lui correspondre ! Un homme qui connaît la politesse, qui s'intéresse à elle et qui ne fait aucune allusion salace, pour le moment en tout cas.

Elle clique sur le profil qui affiche aussitôt un portrait de son interlocuteur : une petite barbe, des cheveux courts poivre et sel – ce qui plaît aussitôt à Madelaine, qui déteste les hommes qui se font des couleurs pour vouloir paraître plus jeunes –, des yeux marron et une petite cicatrice sous l'œil droit. Il ne manque pas de charme, c'est certain. Elle regarde ensuite la date de son inscription, se remémorant l'avertissement de Léopoldine : « S'il est inscrit depuis longtemps, deux options : soit c'est un maudit don Juan, soit il a un vice caché. » Hourra ! Il s'est inscrit il y a seulement quinze jours !

Madelaine sourit et ferme la page internet : elle regardera la suite plus tard, quand elle décidera de lui répondre. Si elle se précipitait, il pourrait penser qu'elle est désespérée.

31
Christina

Christina tient dans sa main les deux mots fraîchement préparés par elle et Béatrice le matin même. Elle glisse le premier, sur lequel est inscrit « Parfois l'amour est ailleurs », avec une heure de rendez-vous : 17 heures, et un lieu : « la petite table située en face de la supérette », dans le casier de Patrick, et le second dans celui de Patricia. Sur ce dernier, elle a aussi noté l'heure et le lieu, et a ajouté « Fais-moi confiance », sans préciser qui elle était. Béatrice a aussi dessiné un bouquet de roses blanches sur les deux papiers, et en a dessiné un troisième sur une feuille blanche. Enfin, Christina a réservé le matin même la table et demandé au serveur de poser l'écriteau « Réservé » un peu avant l'heure indiquée, ainsi que le dessin représentant les roses, en espérant que Patricia et Patrick comprennent le message.

Elle n'est pas convaincue par l'idée, mais après tout, elle ne risque rien, si ce ne sont des jours de tranquillité si le plan fonctionne. Néanmoins, si elle pense avoir compris les sentiments qui lient Patricia à Patrick, elle n'est pas certaine qu'ils soient réciproques, même si

Béatrice semble y croire : « Elle, elle est déjà amoureuse. Et tu m'as dit qu'elle est jolie, alors il faut y croire ! Rien que leurs prénoms prouvent qu'ils sont faits pour être ensemble », s'était amusée la jeune entremetteuse. En tout cas, elle est à peu près certaine que les deux se rendront au lieu cité. Elle pourra de toute façon s'en rendre compte : il lui suffira de jeter un coup d'œil par la vitrine de la supérette.

Elle ne cesse de se demander ce qui aurait pu se passer samedi si Béatrice n'avait pas été là. Patrick aurait-il insisté pour entrer ? Aurait-elle été capable de lui dire clairement « Non, tu ne rentres pas, nous sommes seulement collègues, oublie-moi » ? Elle n'en est pas sûre. Elle est même à peu près certaine qu'elle lui aurait seulement dit quelque chose comme « Je suis fatiguée » et qu'elle n'aurait pas osé expliquer les choses clairement. Pourquoi ? Elle ne sait pas. Elle a l'impression qu'en fuyant Paris, elle a aussi perdu une partie de son assurance. Elle a aussi conscience qu'elle ne peut pas toujours réagir ainsi et qu'elle aura certainement besoin d'une aide extérieure pour apaiser ses démons, même si, jusque-là, elle refusait l'idée. Mais, pire encore : aurait-elle été capable de le frapper ? La réponse à cette question l'effraie.

En tout cas, Patrick a dû comprendre qu'elle n'était pas intéressée par lui, et tant pis s'il pense qu'elle préfère les femmes. Les mensonges ne l'effraient pas, elle est même convaincue qu'ils sont parfois nécessaires, que ce soit pour se tirer d'embarras ou pour ne pas blesser l'autre. De cette histoire, elle ne garde qu'une seule certitude : elle est plus que reconnaissante envers Béatrice d'avoir pris l'initiative de l'aider, sans qu'elle lui en touche un mot. Décidément, cette colocation commence sous les meilleurs auspices.

Quelque chose néanmoins la tracasse dans le regard de la jeune femme. Elle a l'impression qu'un voile de tristesse vient parfois l'obscurcir, sans qu'elle comprenne pourquoi. Elle s'est étonnée aussi en regardant rapidement hier l'âge de la jeune femme sur le dossier : vingt-cinq ans. Elle lui en aurait volontiers donné cinq de plus.

32
Juliette

— Mamaaaaaaaaan, papa est là !

— Quoi ? Qu'est-ce que tu me racontes, Roxane ? Où ça ?

— Devant l'immeuble, maman ! Je suis sûre que c'est son van ! Tu ne m'avais pas dit qu'il venait !

Juliette déboule dans le salon et regarde par la fenêtre. Au même moment, le père de Roxane sort de sa camionnette.

— Tu vois, c'est lui ! C'est énorme ! La surprise de ouf ! Il peut monter ?

— Euh, bien sûr !

Que dire d'autre ? Au moment où Télémaque lève la tête vers elle, Juliette se cache derrière le rideau, comme si elle ne voulait pas qu'il la surprenne, sans savoir pourquoi elle réagit ainsi.

— Qu'est-ce que tu fais ? s'étonne Roxane, sans attendre de réponse puisqu'elle se précipite vers la porte d'entrée pour descendre les étages et ouvrir la porte de l'immeuble.

Bonne question, se répond-elle à elle-même…

Quelques minutes plus tard, père et fille rentrent dans l'appartement, bras dessus bras dessous, dans un joyeux brouhaha. Quand Télémaque lève la tête vers

Juliette, cette dernière ne peut s'empêcher de penser qu'il est resté terriblement craquant.

— Bonjour, Juliette.

— Bonjour Télémaque. Quelle surprise !

Il s'approche d'elle, hésite un peu, puis lui fait la bise. Si leurs relations sont cordiales, ils sont surtout en contact par Internet ou par téléphone. Elle ne l'a pas vu depuis quelques années maintenant, ou seulement aperçu de loin, quand il vient chercher leur fille ou la ramener.

— Je passais dans le coin, alors je me suis dit que ça pouvait être sympa de passer voir ma fille chérie, et toi par la même occasion. Ça ne te dérange pas, j'espère ?

— Non, du tout. Tu… tu as bien fait, oui.

— Tu manges avec nous, papa ?

Il passe une main dans sa barbe, embarrassé.

— Non, je ne voudrais pas abuser… je passe déjà à l'improviste…

— S'il te plaît maman ! demande Roxane sur un ton suppliant.

Juliette regarde sa fille qui a joint les deux mains et qui lui adresse son plus beau regard de chien battu. Elle n'aime pas vraiment ce genre de surprise, encore moins quand elle ne sait pas si elle sera bonne ou mauvaise. Mais elle ne peut décemment par mettre son ex à la porte à peine arrivé, sa fille ne lui pardonnerait jamais. Elle regarde l'horloge du salon qui lui indique 18 heures 15 :

— Commençons par boire un verre, on improvisera par la suite.

— Oui ! s'exclame Roxane en se jetant dans ses bras, avant de rejoindre ceux de son père.

33
Christina

Elle est rentrée chez elle avant le retour de Béatrice. Ce soir, c'est cette dernière qui a demandé à préparer le repas. Quand Christina lui a demandé ce qu'elle comptait faire, elle lui a répondu, mystérieusement :

— Fais-moi confiance, je m'occupe de tout !

Il est 18 heures passées. Christina est heureuse et soulagée. En sortant de son travail, elle a aperçu Patricia et Patrick, attablés l'un en face de l'autre, un deuxième verre à la main. Ils s'étaient rejoints une heure plus tôt, et si Christina n'a pas pu voir avec précision leur première réaction à cause des clients dont elle devait s'occuper, elle a assez vite compris que le courant passait. Elle a même eu le droit à un signe de la tête de Patricia quand cette dernière a regardé dans sa direction : a-t-elle compris quelque chose ou Christina a-t-elle rêvé ce hochement ? Peu importe : elle va pouvoir reprendre le cours de sa nouvelle vie sans histoires, et eux pourront vivre la leur. Elle se sent déjà plus légère.

Quand elle arrive dans le salon, elle voit le dossier de colocation posé sur le buffet : elle a oublié de le ranger.

Elle le prend et y jette une nouvelle fois un coup d'œil, par curiosité. D'ailleurs, quelque chose l'interpelle. À la lecture du prénom, elle fronce les sourcils : Béatrice Khin et son nom : Win. C'est peu courant. Elle n'y a pas fait attention, la première fois. C'est quand elle regarde le pays de naissance qu'elle comprend mieux : la Birmanie. C'est étrange, Béatrice ne lui a rien dit. En même temps, le devait-elle ? Un autre point l'interroge : il y a des « Béatrice » en Birmanie ?

Quand Christina entend la clé dans la serrure, elle referme sans attendre le document qu'elle range dans un tiroir au bas du buffet. Béatrice arrive, les bras chargés de courses. Aussitôt Christina se précipite pour l'aider :

— Tu as dévalisé un supermarché ? s'amuse-t-elle. Et ce n'est même pas le mien !

— Oui, je n'étais pas sûre que tu aies tout ce dont j'ai besoin à la maison, et encore oui, ma chère, je me sers parfois ailleurs. En revanche, je veux bien que tu poses les sacs dans la cuisine, s'il te plaît. Mais après, tu quittes les lieux ! Je veux garder la surprise jusqu'au bout ! Par contre, je vais avoir besoin d'ouvrir quelques placards pour trouver tous les plats dont j'ai besoin.

Christina s'exécute de bon cœur et part bouquiner dans le salon. Elle est quasiment sûre d'avoir vu dans l'un des sacs des tomates et des oignons, ce qui ne peut pas vraiment constituer des indices.

— Ne te gêne surtout pas et si tu as besoin d'aide, appelle-moi, d'accord ?

— Oui, ne t'en fais pas ! répond d'une voix lointaine et occupée Béatrice.

Quelques minutes plus tard, la jeune femme revient avec un verre de côtes-du-rhône rouge.

— Premier indice, annonce-t-elle en déposant le verre sur la table basse qui lui fait face. Et unique, d'ailleurs. Ça te fera patienter !

Christina se redresse et sourit.

— Merci pour cette délicate attention !

Trois quarts d'heure plus tard, une douce odeur s'échappe de la cuisine. Béatrice ne parle pas, elle chante, des airs que Christina ne connaît pas. Cette dernière repense à ce qu'elle a lu sur le dossier et se demande comment et pourquoi Béatrice est arrivée en France alors qu'elle est née en Birmanie. Elle a certainement suivi ses parents.

— Tu veux bien mettre la table, s'il te plaît ?

— Tout de suite ! répond Christina, en se levant du canapé. Mais je vais devoir entrer dans la cuisine…

— Tu es la bienvenue ! J'ai caché ce qui doit l'être !

Christina sourit. En entrant dans la pièce, elle ne peut s'empêcher de chercher des indices en regardant ce qui est sorti.

— Curieuse, s'amuse Béatrice qui a repéré son manège…

34
Juliette

Roxane a rejoint sa chambre depuis une demi-heure. Juliette et Télémaque sont l'un en face de l'autre, une bière chacun à la main. En début de soirée, la discussion avait été plutôt animée, notamment avec Roxane qui demandait à son père de leur raconter la moindre de ses aventures. Juliette écoutait d'une oreille parfois distraite, se demandant quelle place elle aurait pu avoir au milieu de tout cela.

Maintenant, alors qu'ils sont seuls, la conversation est retombée, ni l'un ni l'autre ne semblant savoir quoi dire. Et, surtout, elle doit admettre qu'il la trouble, sans qu'elle parvienne à comprendre pourquoi.

— Tu es ici pour combien de temps ? demande Juliette, pour rompre le silence.

— Je ne sais pas, soupire-t-il. Une semaine ou deux, peut-être plus.

— Et ton groupe ? s'étonne-t-elle.

Il regarde sa cannette, prend une grande inspiration avant de répondre :

— On fait une petite pause de trois semaines, on va reprendre pour les festivals pendant les grandes vacances. La femme de Bryan est enceinte, il veut être là pour l'accouchement et je ne suis pas sûr qu'il ait vraiment envie de poursuivre avec nous, on a déjà prévu de le remplacer à la batterie pour le mois de juillet. Quant à Cyprien, il a une attelle : il s'est blessé au poignet, ce qui n'est pas pratique pour jouer de la basse. Il devrait être complètement rétabli d'ici là.

— Toujours la même équipe, réplique Juliette, songeuse. Bryan et Cyprien étaient déjà là quand on s'est connus…

— Oui, c'est vrai. Il n'y a que Magdalena qui nous ait définitivement quittés, il y a cinq ans maintenant. Je crois qu'elle est devenue prof de chant, quelque chose comme ça.

— Ah ? Et vous avez gardé une femme au chant ?

Juliette se rend compte qu'elle n'a jamais demandé d'informations concernant le groupe à Télémaque, ni même à sa fille qui connaît pourtant chacun des membres.

— Oui, il y a Lucinda maintenant. C'est d'ailleurs à cause d'elle que Cyprien s'est blessé, rit Télémaque.

— Comment ça ? s'étonne Juliette.

— Depuis qu'elle est arrivée, Cyprien lui tourne autour. Elle lui a répété plusieurs fois qu'elle ne voulait pas de relation avec un membre du groupe, mais elle a fini par céder, ils doivent même se marier en fin d'année. Enfin, bref, je m'égare. Un soir, après un concert, un type est venu frapper à la porte du minibus. Je crois qu'il était un peu ivre. C'est Cyprien qui a ouvert. Il voulait voir Lucinda. Ce n'est pas le premier à tenter sa chance, elle est plutôt jolie et les hommes sont facilement hypnotisés par une femme qui chante, tu en sais quelque chose.

Elle baisse la tête et sent ses joues rosir. C'est vrai qu'elle avait toujours son petit succès, il y avait toujours un homme ou deux pour lui offrir un verre après le concert. Elle se souvient même d'une fois où un homme lui avait offert son slip. Elle n'avait pas cherché à savoir si c'était celui qu'il portait ou non pendant le concert et s'était contentée de le balancer à Bryan en lui suggérant d'en faire bon usage.

— Mais lui, il était plutôt insistant et il a eu des propos pas vraiment flatteurs à son égard… ça n'a pas plu à Cyprien qui a commencé à le pousser pour le virer, mais le gars ne s'est pas laissé faire et a essayé de lui en mettre une. Ils se sont battus, Cyprien lui a filé un gros coup de poing. Le mec a perdu l'équilibre et est tombé. Heureusement, il s'est relevé et il n'a pas eu grand-chose, si ce n'est certainement un œil au beurre noir le lendemain.

— C'est toujours aussi animé, constate Juliette, un peu mélancolique.

— Oui, on passe du bon temps. Mais il ne faut pas oublier que c'est notre travail.

Juliette s'étonne en écoutant cette remarque.

— Un travail, oui, puisque ça te fait vivre, mais une passion, surtout, non ?

— Oui, oui, bien sûr, conclut-il en vidant sa bière et en se levant.

Juliette comprend que Télémaque ne veut pas en dire plus, en tout cas pas pour le moment. Elle préfère respecter son silence, elle le connaît suffisamment pour savoir que, s'il veut parler de quelque chose, il attendra le bon moment.

— Je ne vais pas te déranger plus longtemps, ce n'était déjà pas très sympa de passer à l'improviste.

— Arrête, ça a fait plaisir à Roxane, tu l'as bien vu.

Il la regarde droit dans les yeux, ouvre la bouche, prêt à dire quelque chose, mais s'abstient. Il regarde la table, attrape les cannettes de bière :

— J'ai vu qu'il y a un conteneur en bas, je vais les jeter en y passant.

— Tu vas dormir où ?

Il sourit. Juliette remarque les petites rides qui se forment autour de ses yeux. Il a vieilli, c'est sûr, comme elle. Mais Télémaque fait sans aucun doute partie de cette catégorie d'hommes dont le charme s'accroît au fil des années.

— Dans mon van !

Elle serait presque tentée de lui proposer de dormir dans l'appartement. Elle pourrait déplier le canapé qui servirait de lit, mais elle n'ose pas : c'est trop tôt.

Il s'approche d'elle, lui pose un baiser sur la joue droite. Ce parfum, elle le connaît. Il porte toujours le même. Des images l'assaillent, des instants de tendresse, vécus douze ans plus tôt. Des souvenirs qu'elle ne pensait pas avoir conservés.

— À bientôt, souffle-t-il.

— À demain, répond-elle alors que ses sens s'affolent et que son cœur loupe quelques battements.

— Demain ? s'étonne-t-il.

— Euh, oui, enfin, si tu le souhaites. Roxane serait heureuse de partager un peu de temps avec toi, pour une fois que tu es là…

Son visage se ferme.

— Désolée, ce n'était pas un reproche, c'était maladroit. Je voulais dire, tu es souvent pris par ton travail…

— Ce n'est rien, j'ai compris, ne t'en fais pas. À demain, alors.

Quand la porte de l'appartement se ferme, Juliette respire profondément et s'avachit dans son canapé.

35
Christina

— Ce plat est une tuerie. Tu appelles ça comment, déjà ?

— Un chicken curry ! Ou un simple poulet au curry, si tu préfères.

— *Simple ?* Non, ce n'est pas un *simple poulet au curry* ! Il est exquis !

— Arrête, tu vas me faire rougir ! s'empourpre déjà Béatrice.

Christina n'a jamais été aussi sincère. La viande fond sur la langue, le curry n'est pas piquant et les saveurs éclatent en bouche.

— Donc, si je reprends pour les ingrédients, on a : du poulet, évidemment, des tomates, de l'oignon, de l'ail, du curcuma…

— Encore quatre ingrédients, c'est bien !

Christina en reprend une petite fourchetée, son assiette est presque vide. Elle pose délicatement les ingrédients sur sa langue, les étale dessus en la frottant contre son palais pour essayer de trouver les dernières saveurs.

— Du gingembre ?

— Oui ! Bravo ! Encore trois !

— Du curry, tout simplement !

Béatrice fait non de la tête :

— Non, mais tu n'es pas loin… C'est du massala, un mélange d'épices : de la cardamome de mémoire, mais aussi de la cannelle, de la muscade, du piment.

— Et les deux derniers ? Je donne ma langue au chat !

— Une cuillère à soupe de soja et une autre de nuoc nam, une sauce à base de poisson fermenté dans de la saumure.

Christina grimace un peu.

— Je n'en ai jamais entendu parler ! Heureusement que tu ne me l'as pas dit avant, car l'idée de mélanger du poisson avec du poulet… ça ne m'aurait pas vraiment emballé.

Béatrice sourit.

— Cela semble souvent étrange en Occident, mais ailleurs, comme en Asie, c'est fréquent. C'est l'un des condiments qu'on utilise le plus.

— Comment as-tu connu cette recette ?

— C'est une recette de famille. Ma mère l'a apprise à ma mère qui… tu connais la suite.

Christina saisit la perche :

— Elle est d'origine asiatique ?

Béatrice réfléchit un moment, puis déclare :

— Non, birmane. Elle est birmane, enfin était, j'imagine. Mais ce n'est pas le sujet, annonce la jeune femme en se levant et en ramassant les assiettes. J'espère que tu as encore un peu de place pour le dessert…

Christina remplit les deux verres de vin rouge tandis que Béatrice revient quelques instants plus tard avec des morceaux de gâteau en forme de losange posés sur une assiette. Elle reconnaît aussitôt sur le dessus des graines de sésame.

— Tu connais ? lui demande sa colocataire.

— Non, avoue Christina en secouant la tête de gauche à droite.

— Ce sont des *sanwin makin*, des gâteaux birmans à base de crème de noix de coco et de semoule fine, explique Béatrice, visiblement fière de son petit effet.

36
Madelaine

Ce matin, elle s'est levée plus tôt encore que d'habitude. Elle était incapable de rester dans son lit et pour cause : c'est son anniversaire. Elle a commencé de bonne heure à nettoyer sa maison, aussi vite que ses vieilles hanches le lui permettent. Le manuscrit de Juliette, celui qu'elle a photocopié en douce, est posé sur la table, bien en évidence : elle a l'intention de le proposer à son fils qui doit venir aujourd'hui.

Après avoir fait le plus gros de son ménage, Juliette prend tout de même le temps de jeter un coup d'œil sur le site de rencontres, pour voir si le mystérieux John H lui a répondu : en vain.

C'est la première fois que Madelaine commence un échange régulier – enfin, si on peut appeler *régulier* un échange composé pour le moment de quatre messages. Elle a fini par lui répondre la première fois le lendemain, en restant volontairement énigmatique, comme lui :

Mamidoo : Bonjour, John H – oui, je peux vous en dire un peu plus. Contrairement à vous, je n'aime pas les romans policiers, mais je lis parfois un livre par jour.

Après tout, il lui en a demandé d'en dire un peu plus sur elle, elle a répondu à sa requête. Il lui a écrit quelques minutes plus tard :

John H : Vous n'êtes pas très loquace. Pouvez-vous m'en dire – encore – un peu plus sur vous, charmante Mamidoo ?

Cette fois-là, elle a rougi et répondu dans la foulée :

Mamidoo : posez-moi vos questions, je verrai ensuite si je suis en mesure d'y répondre.

C'était hier, vers 17 heures. Depuis, elle actualise régulièrement la page du site, ne comprenant pas pourquoi il n'a pas répondu aussi rapidement qu'elle, regrettant son propre empressement, sans se dire qu'il peut aussi, tout simplement, être occupé. Elle s'est même envoyé un message à elle-même pour voir s'il n'y a pas un problème de messagerie, et a plusieurs fois vérifié sa connexion internet.

Un peu avant midi, elle a dressé la table, pour deux personnes. Un gratin de poisson, le préféré de Julien, cuit doucement dans le four, tandis que deux entrées froides attendent dans le frigo, comme la bouteille de champagne. Elle est impatiente à l'idée de revoir son fils : ça fait déjà trois mois qu'il n'est pas venu la voir.

À 12 heures 15, il n'est pas encore arrivé. Madelaine s'en étonne, mais se raisonne : il est certainement pris dans les bouchons ou il a perdu du temps chez le fleuriste, puisqu'il lui ramène toujours un magnifique bouquet de fleurs composé.

12 heures 45, elle s'impatiente et décide d'ouvrir la bouteille de champagne : ça le fera peut-être venir. Après avoir combattu vaillamment contre le bouchon en liège, elle s'est récompensée en se versant une coupe. Quand les premières gouttes de champagne glissent dans sa gorge, elle commence à se demander s'il n'aurait pas eu un accident. D'ordinaire, il vient pour 11 heures et demie, sauf une fois où il avait été retenu à une réunion. Il avait débarqué, fatigué, son éternel bouquet de fleurs dans les mains, à 13 heures. C'est certainement le cas cette fois aussi.

13 heures 05 : toujours personne. Madelaine sent une petite boule d'angoisse se former dans sa gorge. Ce n'est pas normal, il devrait déjà être là.

13 heures 30 : elle a vidé la coupe, s'en est resservi une deuxième. Madelaine se ronge les sangs. Des images d'horreur l'assaillent : son fils, allongé sur une civière, emmené aux urgences à l'hôpital, simplement parce qu'il a voulu passer du temps avec sa mère. Du sang, des cris, des pompiers : voilà pourquoi elle n'a pas besoin de lire des romans policiers, elle a une capacité à s'imaginer le pire qui n'a pas besoin d'être nourrie. Et s'il… ? Non, oh non. Mon Dieu. S'il meurt, elle ne se le pardonnera jamais.

Elle a essayé d'appeler chez lui, une dizaine de fois déjà, mais elle tombe systématiquement sur son répondeur. Elle lui a bafouillé un message la première fois, s'est abstenue les fois suivantes.

À 14 heures, elle a sorti du frigo sa part de gâteau. Madelaine aime manger des pâtisseries quand elle est inquiète. Le sucre l'apaise et la réconforte. Elle regarde les bougies d'anniversaire posées à côté, un 8 et un 2 qu'elle s'apprêtait à disposer à l'envers, histoire de la rajeunir un peu, ce qui aurait fait rire son fils. Elle a déjà appelé la police, cinq fois. Ils lui ont répondu qu'ils ne pouvaient rien faire, qu'il fallait attendre, encore, qu'elle pouvait peut-être se renseigner sur d'éventuels accidents en appelant la Sanef, mais ces derniers, dont elle a trouvé le numéro de téléphone sur Internet, ne répondent pas non plus.

14 heures 30. Sa bouche tremblote, comme le reste de son corps. Elle craint que son quatre-vingt-deuxième anniversaire ne devienne son pire cauchemar. Elle doit allumer une bougie, et prier. Prier pour que son fils s'en sorte, où qu'il soit. Mais elle n'est pas croyante. Elle n'a jamais cru à toutes ces histoires de Bon Dieu. Madelaine a l'impression de perdre la tête. Elle ne sait plus quoi faire ni quoi penser. La faute au champagne. La faute à son imagination. La faute à l'angoisse et à la peur qui la rongent.

Elle prend les bougies, les pose sur son gâteau et les allume : elle n'a pas de cierge, ça fera l'affaire. Au même moment, son téléphone sonne. Madelaine a les larmes aux yeux, les émotions l'assaillent. Elle se lève en toute hâte, manque de trébucher, oublie les douleurs qui irradient dans ses hanches. Quand elle décroche, elle craint de tomber sur la voix d'une personne de l'hôpital : ce n'est pas le cas. Elle reconnaît vite cette voix douce et familière qui la rassure, mais l'interroge :

— Maman, c'est Julien. Que se passe-t-il ? C'est toi qui as essayé de m'appeler vingt fois ?

Elle a l'impression de ne pas comprendre ce qu'il lui raconte. Pourquoi est-ce à elle qu'il demande ce qui se passe ?

— Je… j'avais peur, j'ai cru qu'il t'était arrivé quelque chose… balbutie-t-elle, alors que des larmes glissent silencieusement sur ses joues.

— Quelle idée ! s'exclame son fils en éclatant de rire. J'étais sorti ce matin, je suis allé jouer au golf avec des amis. Ne me fais plus jamais une telle frayeur, maman ! Enfin, vingt appels, tu exagères !

C'est la douche froide. Elle ne sait plus quoi dire, elle est anéantie. Est-ce bien son fils qui lui parle ainsi ? Aurait-il oublié son anniversaire ? Elle sent un énorme trou se creuser dans sa poitrine.

— Je dois te laisser, on va manger au restaurant, je te rappelle bientôt. Bisous maman !

Elle garde quelques secondes le téléphone à l'oreille, à écouter la tonalité qui annonce la fin de la conversation. Était-ce bien lui ? A-t-elle rêvé ? Elle finit par raccrocher à son tour. Épuisée par les émotions, elle se rapproche lentement de la table du salon et rejoint sa place. Une fois assise, elle regarde les bougies, en murmurant :

— Joyeux anniversaire, Madelaine.

Puis, elle souffle sur les deux flammes qui s'éteignent aussitôt et éclate en sanglots.

37

Madelaine

La sonnerie de la porte d'entrée retentit à 10 heures : il est pile à l'heure. Elle se dirige avec hâte vers l'entrée pour lui ouvrir.

— Bonjour Nicolas ! Comme je suis ravie de te voir ! C'est gentil d'avoir accepté de venir si rapidement.

Elle l'embrasse chaleureusement.

— C'est un plaisir, Madelaine. Je vous ai déjà dit que vous pouvez m'appeler quand vous voulez, dès que vous avez besoin d'aide.

— Arrête de me vouvoyer, j'ai l'impression d'être vieille ! glousse-t-elle.

— Je ne peux pas m'en empêcher, vous êtes la mère de mon pote ! Voyez ça comme un signe de respect et pas une référence à votre âge un peu avancé !

Il sourit, puis lui demande ce qu'il peut faire pour elle.

— Suis-moi !

Elle lui fait traverser le salon et le conduit sur sa terrasse.

— J'ai commandé tout ça il y a dix jours quasiment. Mais je n'avais pas vu que le carré potager était livré…

en pièces détachées. Maudites petites lignes. Et je n'arrive pas à le monter seule.

Il s'accroupit, se frotte la barbe naissante qui se dessine sur son menton, regarde les différentes parties, puis reprend :

— Rien de très compliqué. Pas de problème, je m'en occupe !

Puis, alors que son regard embrasse le reste de la terrasse :

— Dites, quand vous passez une commande, vous ne rigolez pas !

— Je sais, mais je voulais avoir la livraison offerte alors, je me suis peut-être un peu emportée c'est vrai. Tu penses que tu pourras tout replanter ?

Il passe une main dans ses cheveux, se gratte le cuir chevelu, ce qui laisse croire à Madelaine qu'il a besoin de se gratter quelque chose pour trouver ses réponses, puis reprend :

— Ça devrait aller, quoique j'aie un doute sur les potimarrons. C'est une espèce grimpante, elle n'aura pas assez de place pour se développer, ou alors elle va envahir les autres cultures.

— Fais ce que tu peux, va. Tu veux un café ?

— Volontiers !

Madelaine se rend dans sa cuisine où elle met en route la cafetière qu'elle avait déjà préparée, tandis qu'elle se fait chauffer de l'eau en vue de se faire une tasse de Ricoré. Dix minutes plus tard, alors qu'elle revient avec les deux tasses sur un plateau, elle regarde, ébahie, le travail déjà accompli :

— Quelle rapidité ! s'étonne-t-elle en voyant le carré potager pratiquement monté.

— Ce n'est pas vraiment compliqué quand on sait comment ça fonctionne. Celui-là, il faut seulement le clipser et ajouter quelques vis. J'ai le même modèle dans mon jardin.

— Pourquoi tu as ça si tu as un jardin ?

— Je ne veux pas de la terre du jardin pour mes plantations, seulement du terreau. Ça évite que les nuisibles viennent picorer mes plants. Et je trouve ça esthétique aussi.

Il continue son travail, alors que Madelaine pose le plateau sur la table du salon, ainsi qu'une petite boîte de gâteaux.

Une fois le carré monté, Nicolas vient boire le café et avale rapidement trois gâteaux à la suite sous le regard ravi de son hôtesse, tandis que cette dernière déguste sa boisson chaude.

— Alors, vous devez être contente, non ? Vous voilà bientôt grand-mère ! Félicitations d'ailleurs !

— Quoi ?

Madelaine pose la tasse sur la table et manque de recracher le liquide qu'elle a dans la bouche, tant elle est surprise par ce qu'il raconte.

— Oui, je sais, vous n'êtes pas prête pour ça, vous êtes trop jeune, mais…

— Mais pourquoi on m'appellerait « grand-mère » ?

— Euh, poursuit Nicolas embarrassé, je crois que j'ai fait une gaffe…

Madelaine essaie de se redonner une contenance :

— Non, non, du tout. Il me l'a annoncé, c'est… c'est seulement le mot « grand-mère » qui me donne des suées. Je suis tellement jeune dans ma tête, comme tu le dis, pour me résoudre à être bientôt appelée « mamie » !

Elle se force à sourire, Nicolas rit de bon cœur et ne perçoit pas son malaise.

— C'est pour quand déjà ? J'ai oublié.

— Janvier ! Ça me fait tout drôle d'imaginer que mon pote d'enfance va devenir papa !

— Et moi donc, murmure Madelaine…

— Allez, je vais mettre le terreau ! Il faudra arroser ça, ce soir !

— Arroser quoi ?

Elle se retient de dire qu'ils n'ont déjà pas arrosé son anniversaire…

— Le potager ! Il faut toujours arroser quand on replante !

— Ah !

Ça, ça devrait être dans ses cordes, puisqu'elle n'a rien à attendre de son fils unique.

38
Juliette

— Tu es bien songeuse depuis quelques jours, affirme Fatima en s'approchant d'une Juliette rêveuse.

Cette dernière se redresse, comme prise en faute.

— Oui, désolée, pardon je…

— Tu rêvais, et il n'y a pas de mal à ça, sourit sa collègue. C'est l'effet Télémaque ?

Juliette acquiesce d'un hochement de la tête. La veille, elle a déjà expliqué à Fatima que son ex-mari est revenu deux jours plus tôt, sans prévenir. Deux jours de bonheur pour Roxane, tellement heureuse d'avoir son père à la maison, deux jours de questionnement pour Juliette, qui n'arrive pas à savoir pourquoi il est revenu.

— Tu es obligée de trouver une raison ? lui a demandé Fatima la veille. Après tout, il veut peut-être seulement passer du temps avec sa fille. Elle est sa seule famille, non ?

Juliette a confirmé. Télémaque n'a jamais connu sa mère, partie alors qu'il avait six mois sans donner la moindre nouvelle, et son père, malade d'un cancer, était décédé le jour de ses dix-huit ans, *comme s'il avait tenu jusqu'à ce que je devienne officiellement un homme*, lui avait raconté Télémaque à l'époque.

— Tu m'as toi-même expliqué : deux membres du groupe se marient, un autre veut profiter de sa femme et du bébé qu'ils vont avoir… Lui avait une femme, a une fille, mais il a préféré poursuivre son rêve de carrière musicale. Ça lui tourne peut-être dans la caboche, tu sais, peut-être un de ces effets de la crise de la quarantaine.

Juliette a hoché la tête, sans répondre. Elle n'avait pas du tout envisagé ce point de vue.

— Arrête peut-être de tout analyser et vis le moment présent, sans te poser de questions. Tu le savoureras davantage.

La veille, Télémaque est retourné dans son van à peine Roxane partie rejoindre sa chambre. Juliette n'a rien dit, mais elle a ressenti un pincement au cœur : elle se plaisait en sa compagnie. C'est leur fille qui l'avait une nouvelle fois invité à dîner avec elles, après avoir passé deux heures dans sa camionnette. D'après les notes de musique qu'elle pouvait entendre par la fenêtre ouverte, il l'initiait à la guitare.

Quand Juliette rentre chez elle, en début de soirée, elle est surprise de ne pas avoir vu Madelaine : cela fait quelques jours qu'elle n'est pas passée à la médiathèque, ce qui n'est pas dans ses habitudes. Juliette espère qu'il ne lui est rien arrivé. Elle est peut-être trop occupée avec son site de rencontres… Juliette se demande aussi, d'une façon plus égoïste, si la vieille dame a pu remettre son manuscrit à son fils.

Au moment où elle tourne dans sa rue, Juliette est surprise de voir Télémaque faire les cent pas devant la façade de son immeuble. Elle accélère le pas et va à sa rencontre :

— Roxane ne va pas rentrer tout de suite, elle est à son club de théâtre et dort chez une copine. Elle fait ça tous les mardis soir, comme je finis plus tard…

— Je sais, répond Télémaque en tournant la tête vers elle. Elle m'en a parlé hier. C'est une bonne idée, je trouve. Elle semble s'être bien intégrée dans ce collège.

Juliette ne cache pas sa surprise, mais parvient à rebondir :

— Oui, oui, tout se passe bien. Et Roxane est une enfant plutôt facile, tu sais. Pour le moment en tout cas, la crise d'adolescence ne devrait plus tarder !

Télémaque sourit à peine à la plaisanterie de Juliette. Il a les traits tirés l'air soucieux, et continue à faire les cent pas. Elle connaît cette attitude…

— Que se passe-t-il, Télémaque ?

Il s'arrête, secoue la tête comme s'il voulait en chasser les mauvaises pensées, la regarde et sourit plus franchement :

— Tu m'invites ?

39

Madelaine

Après deux jours de déprime à pleurer sa solitude et à se demander ce qu'elle a fait de mal pour que son fils, la chair de sa chair, oublie son anniversaire et par la même occasion ne lui annonce pas qu'il va être père, Madelaine a repris du poil de la bête. Elle s'est levée avec une idée fixe en tête : elle fera venir son fils, quels que soient les moyens qu'elle devra employer. Ce n'est plus une question de carré potager, c'est devenu une question d'orgueil.

Elle a passé une partie de la nuit à chercher la meilleure façon de l'attirer à elle, à peser le pour et le contre de chaque idée. Une fois son scénario bien ficelé, elle a pu s'endormir du sommeil du juste.

Après sa routine du matin, Madelaine rentre chez elle avec le journal du jour à la main, fière à l'idée du tour qu'elle va jouer. Elle est tellement pressée à l'idée de finaliser son projet qu'elle n'a pas pris la peine d'allumer son ordinateur pour aller voir sur le site de rencontres si le fameux John H lui a enfin répondu, lui qui demeure muet depuis plusieurs jours maintenant.

D'habitude, elle aime prendre son temps quand elle lit le journal. Elle le pose sur la table, puis le feuillette à l'envers à la recherche de la rubrique nécrologique – il y a plus de chance qu'elle y voie un nom qu'elle connaît que dans celle des naissances. Mais, aujourd'hui c'est à peine si elle y jette un coup d'œil. C'est essentiellement par les gros titres qu'elle est intéressée, notamment ceux écrits en lettres majuscules. Après en avoir lu quelques-uns, un sourire s'affiche sur son visage : les nouvelles lui plaisent aujourd'hui, enfin surtout les mots utilisés pour en parler. Les lettres, même, qui les composent. Elle enfile des gants de cuisine, attrape une paire de ciseaux et se met à couper les gros titres, avec application.

Une demi-heure plus tard, les lettres soigneusement découpées sont placées devant elle. Elle s'est levée pour aller chercher une feuille blanche et un tube de colle qu'elle n'a pas dû utiliser depuis des années. Elle cherche un N, un O, un U et un S, tout en se demandant si elle a assez de lettres… tant pis, elle en prendra de plus petites si besoin, puisqu'elle a déjà jeté le journal de la veille. Ou alors, elle ira en acheter un deuxième : il faut bien faire fonctionner l'économie du pays.

Une fois les lettres du premier mot assemblées, elle les retourne et applique sur chaque papier un peu de colle. Enfin, elle les pose délicatement sur la feuille blanche, avant d'appuyer un peu plus fort une fois qu'elle est sûre d'avoir trouvé le bon emplacement.

Elle continue ainsi, pendant pratiquement une autre demi-heure. Madelaine, minutieuse, aime prendre son temps. À la fin, fière d'avoir eu assez de lettres pour écrire ses dix mots, elle se redresse, saisit la feuille, la met face à elle et sourit du résultat. Si avec ça il n'arrive pas rapidement, elle n'y comprend rien.

Une fois la lettre mise sous enveloppe, elle se rend sur sa terrasse pour admirer le carré potager. Nicolas a vraiment fait du bon travail. Il est reparti avec le pommier, décidément trop encombrant pour elle, et deux plants de potiron pour lesquels il n'y avait plus de place. C'est un gentil garçon, vraiment. Il lui a même promis de lui apporter des courges si les plants venaient à en donner. Elle n'a pas eu le cœur à lui dire qu'elle a toujours trouvé que les potirons avaient un goût de carotte avariée, il n'aurait pas compris pourquoi elle les avait commandés.

Quand 11 heures sonnent, Madelaine pense un temps à se rendre à a médiathèque puisqu'elle a terminé les derniers livres empruntés, mais se ravise : elle a promis à Juliette de donner son manuscrit à son fils, et elle n'a pas pu le faire. Elle ne se sent pas capable de le dire à la jeune fille pour ne pas lui apporter une déception inutile : après tout, ce n'est plus qu'une question de temps. Elle se contentera de se rendre au marché et, évidemment, à la poste pour être certaine que la lettre qu'elle vient de terminer parte à bon port.

40
Juliette

Allongée dans le lit, son corps nu blotti sous le drap, elle se tourne doucement vers les fenêtres qui laissent déjà pénétrer les rayons du soleil. À côté d'elle, Télémaque dort encore, laissant parfois échapper quelques ronflements stridents.

Juliette n'a rien prémédité, voulant vivre l'instant présent comme le lui a conseillé Fatima. Elle s'est résolue à lâcher prise, et tout s'est enchaîné avec une logique déconcertante.

Il est monté, ils ont bu un verre, puis un autre, se remémorant des souvenirs du passé, avec une douce nostalgie.

— On était heureux, a soufflé Télémaque, avec une sincérité qui a bouleversé Juliette

Ensuite, ils ont profité de l'absence de Roxane pour aller dîner dans un petit restaurant italien, non loin de l'immeuble : une initiative de Télémaque. Ils ont beaucoup parlé, beaucoup ri aussi. Elle s'est surprise à minauder comme une adolescente, toujours aussi sensible à son charme. Il a fini par lui prendre la main, qu'elle avait sciemment laissée sur la table.

Elle ne sait plus si ce sont ses lèvres qui ont rejoint les siennes ou l'inverse, mais elle a rapidement retrouvé l'excitation qui la faisait déjà vibrer une dizaine d'années plus tôt. L'envie était là, brûlante, ardente. Ils ont décliné le dessert et sont rentrés avec précipitation : leurs vêtements doivent encore joncher le sol du salon.

Mais la machine à questions se remet en route dans la tête de Juliette dès le réveil, rompant la sérénité de cette parenthèse enchantée. Que va-t-il dire en ouvrant les yeux ? Que va-t-il faire ? Est-ce qu'il regrettera leur nuit ? Pourra-t-elle se lover contre son torse, sentir son cœur battre sous son oreille, comme elle le faisait avant ? Elle redoute le moment où il se réveillera.

— Bien dormi ?

Il a ouvert les yeux et la regarde avec un sourire. Elle a un début de réponse à ses questions.

— Oui, plutôt bien. Et toi ?

Il s'étire lentement et répond, après avoir bâillé à se décrocher la mâchoire :

— Oh oui ! Il n'y a rien à dire : un vrai lit, ça change de mon canapé.

Elle rit.

— Tu aurais au moins pu investir dans un canapé dépliant depuis le temps…

— J'en ai eu un, figure-toi, mais je crois qu'il n'a pas supporté que je l'ouvre et le ferme tous les jours. Il m'a lâchement abandonné au bout de quatre ans, refusant de reprendre la position « canapé ». Autant te dire que c'était trop encombrant.

Il s'approche d'elle. Elle lui tend les lèvres, tandis qu'il pose les siennes sur son front :

— Je vais prendre une douche, si je retrouve tous mes habits !

Elle se force à sourire, se demandant ce que veut dire après leur nuit un baiser sur le front : est-elle devenue un coup d'un soir ?

— Tu veux te doucher ici ?

— Non, c'est bon, répond-il d'une voix lointaine, alors qu'il cherche ses affaires dans le salon. Je vais retourner au van. Tu n'aurais pas vu mes chaussettes ?

Ses chaussettes ? Elle s'en moque de ses putains de chaussettes ! Elle veut seulement qu'il reste là, avec elle…

— Non, lance-t-elle simplement.

— J'en ai retrouvé une. Si tu trouves la seconde, garde-la-moi !

La porte claque.

41
Madelaine

Elle a un rendez-vous ! Madelaine sautille d'excitation. La veille, le fameux John lui a envoyé un message un peu plus long qu'à l'accoutumée pour s'excuser de ne pas avoir pu lui répondre plus tôt, puisqu'il était parti passer quelques jours chez sa fille en Italie.

D'humeur badine, elle lui a répondu :

Mamidoo : La prochaine fois, prenez un ordinateur portable. Comme ça, nous pourrons continuer notre conversation… ou alors, prenez-moi avec vous : je n'ai jamais visité l'Italie, et je suis certaine que leur gastronomie est délicieuse !

À vrai dire, elle se moquait bien de la gastronomie italienne, mais il était pratiquement midi et elle avait faim. Ce n'est qu'une fois le message envoyé qu'elle s'est rendu compte qu'elle y était allée peut-être un peu fort : ils ne se connaissaient même pas ! Elle a bien essayé de trouver un moyen de modifier le message, mais avant qu'elle ne le découvre, si tant est qu'il existât, il lui a déjà répondu :

John H : Chère Mamidoo, c'est envisageable, puisque j'y retourne dans trois mois. Mais, avant cela, je pense que nous devrions faire un peu plus ample connaissance… ne pensez-vous pas ? Que je sois certain de ne pas amener chez ma fille une tueuse en série ! Ça pourrait faire désordre…

Elle a ri, appréciant l'humour qui se dégageait du message et le répondant de John.

Mamidoo : Alors, que me proposez-vous ? Un rancart dans un café ? Une belotte ? Je vous avoue que je serais plus à l'aise en discutant en face-à-face plutôt qu'à travers un écran interposé.
P.-S. : Je n'ai aucun cadavre à mon actif, excepté un petit lapin trop pressé de traverser la route il y a quelques années. J'en fais encore des cauchemars.

Elle ne voulait pas lui dire que taper un message sur l'ordinateur lui prenait beaucoup de temps, et que si la chaleur continuait d'augmenter, elle aurait bientôt les doigts trop gonflés pour pouvoir continuer.

John H : Un simple rancart dans un café ? Une belotte ? Je crois n'y avoir encore jamais joué. Non, nous valons mieux que ça, à nos âges ! Aimez-vous les surprises ?

Elle a écarquillé les yeux avant de répondre l'inverse de ce qu'elle pensait réellement :

Mamidoo : Oui, bien sûr !
John H : Alors, laissez-moi le temps de trouver quelque chose qui pourrait vous plaire…

Et ce n'est que ce matin, alors qu'elle croquait dans son croissant – il faudrait d'ailleurs qu'elle repasse aux biscottes si elle ne voulait pas nourrir ses artères que de beurre – qu'elle a reçu la réponse tant attendue :

John H : Si vous êtes toujours intéressée, rendez-vous dans deux jours à la Conciergerie, c'est la grande salle derrière l'église, à 14 heures. Soyez ponctuelle !

Excitée par la réponse, quoiqu'irritée par le « soyez ponctuelle » qui lui semble un peu trop autoritaire, elle lui a répondu dans la foulée :

Mamidoo : C'est parfait ! À samedi, 14 heures…

Il n'a pas donné d'informations supplémentaires, elle n'en a pas demandé non plus, sur l'instant : l'euphorie a coupé court à ses réflexions. Mais, maintenant qu'elle a intégré l'information, elle commence à s'inquiéter. Si ce qu'il lui propose ne lui plaît pas ? Comment devra-t-elle s'habiller ? Et s'il lui prépare quelque chose d'absolument ridicule ? La voilà qui se met presque à regretter…

Après quelques minutes de réflexion, elle a une idée. Elle se dirige vers la commode sur laquelle est encore posé le journal soigneusement découpé la veille, cherche la page qui annonce les événements de la semaine, en priant pour qu'elle ne soit pas trop lacérée. Ouf ! Elle est intacte. Elle plisse les yeux en quête de ce qui est annoncé pour le samedi 21… Et ne trouve rien. Le journal s'arrête au vendredi 20. Elle laisse échapper un juron, réfléchit, puis se dirige vers l'ordinateur. Peut-être pourra-t-elle trouver l'information sur le site de la mairie ? Après tout, c'est une salle municipale…

Elle tape le nom de sa ville dans le moteur de recherche, clique sur le premier lien proposé et arrive directement sur le site. Sur la droite, elle repère facilement la partie « Événements » et il ne lui faut pas longtemps pour trouver l'information qui l'intéresse cette fois-ci : « Le samedi 21 juin, de 14 heures à 17 heures, atelier de cuisine italienne. »

Mon Dieu ! La cuisine ! Elle déteste ça. Quelle étrange idée ! Elle va tout faire brûler, elle le sent…

Mais, rapidement, la surprise laisse place aux interrogations : pourquoi l'emmener à un atelier de cuisine pour un premier rendez-vous ? Doit-elle y voir un message masqué ? D'ailleurs, que va-t-elle faire, là-bas ? Et, surtout, pourquoi a-t-elle accepté ?

42
Juliette

— Tu es encore plus songeuse qu'hier, déclare Fatima alors que Juliette garde depuis une heure le regard dans le vide.

— Oui, désolée, s'excuse-t-elle. Je vais finir par devenir de très mauvaise compagnie.

— Disons que les livres, bientôt, parleront plus que toi, s'amuse Fatima. Alors, raconte-moi ce qui s'est passé.

Juliette lui explique la fin de journée, depuis la rencontre avec Télémaque en face de son appartement jusqu'à l'histoire de la chaussette le matin même.

— Si je résume : deux adultes consentants ont passé un bon moment ensemble. Alors pourquoi tu fais une telle tête ?

Juliette la regarde, perplexe :

— Parce que ce n'est pas n'importe quel homme, c'est le père de ma fille !

— Et ?

— Et nous avons déjà une histoire commune. Ce n'est pas comme s'il débarquait de nulle part ou que je l'avais rencontré dans un bar.

— Surtout que tu ne vas pas dans les bars, s'amuse Fatima…

— Tu comprends très bien ce que je veux dire… soupire Juliette.

— Oui, je comprends surtout que tu as encore des sentiments pour lui.

Elle rouspète à voix basse alors que la porte de la bibliothèque s'ouvre, en affirmant que cela n'a rien à voir.

— Si tu le dis…

Juliette lève les yeux au ciel. Elle le saurait, quand même, si elle avait encore des sentiments pour son ex… enfin, des sentiments amoureux. Elle a forcément un minimum d'affection pour lui, avec Roxane…

— Bonjour mon auteure préférée ! À moins que vous préfériez autrice ? Je m'y perds un peu avec tous ces changements ! Ou écrivaine ?

Juliette se redresse et fixe Madelaine comme si cette dernière avait dit un gros mot.

— Oh, rassure-toi, Fatima est partie dans la réserve, rit doucement la vieille dame. Mais il faudra t'y habituer, tu sais…

Le cœur de Juliette manque un battement :

— Vous avez eu des nouvelles ?

— De ?

— Pour mon manuscrit, de votre fils !

La bibliothécaire voit le visage de Madelaine se rembrunir.

— Ah ! Non, pas encore. Mais ça ne saurait tarder… Et de ton côté, tu as fait des envois ?

— Ce matin, oui, par e-mail, à cinq éditeurs. J'ai bien pris le temps d'aller voir les lignes éditoriales avant, ça devrait être bon à ce niveau-là.

Elle n'ajoute pas qu'au moins, ça lui a évité de penser à Télémaque pendant une petite heure.

— Très bien ma petite, très bien.

Juliette sourit. Madelaine doit être la seule personne à l'appeler « ma petite ».

— Et de votre côté, la pêche est bonne ?

— Tu ne crois pas si bien dire et arrête de me vouvoyer, veux-tu, j'ai l'impression d'avoir cent ans ou d'être un vieux truc grabataire !

— Alors que vous n'en avez, pardon, que tu n'en as même pas cinquante, se gausse Juliette. Et c'est un vouvoiement de respect, rien de plus… Et donc, ça donne quoi ? Combien de poissons ?

— Un seul, enfin ! Je ne vais pas courir plusieurs lièvres à la fois !

— Il s'appelle comment ?

— Son surnom est John, j'imagine que c'est aussi son prénom.

— Et que sais-tu sur lui ?

— Pas grand-chose, si ce n'est qu'il a de la famille en Italie, qu'il est plutôt bel homme, qu'il aime les surprises, qu'il a de l'humour et qu'il aime cuisiner. D'ailleurs…

Madelaine s'arrête, fixe d'un air énigmatique Juliette, esquisse un sourire puis demande :

— Tu aimes cuisiner ?

— Euh, oui, enfin, un peu comme tout le monde ! bafouille Juliette, surprise par la question.

— Et tu te qualifierais plutôt de bonne cuisinière ? Excellente ? Potable ?

— Moi je dirais bonne, mais si j'écoute ma fille, ce serait plutôt potable…

— Parfait ! Tu ne me voleras pas la vedette comme ça !

— Pourquoi veux-tu que je te vole la vedette ? À quelle occasion ? Sois plus claire !

Le sourire mutin qui se dessinait sur le visage de Madelaine illumine maintenant tout son visage.

— Tu fais quoi samedi prochain, à 14 heures ?

43

Christina

Les yeux fermés, assise sur une chaise longue posée sur la terrasse, un livre entre les mains, Christina savoure la chaleur du soleil qui la caresse de ses rayons. Elle ne travaille que l'après-midi et profite un maximum de l'air extérieur avant de devoir supporter l'air frais de la climatisation, qui tourne non-stop en ce moment dans le magasin. Elle est contente d'être allée courir le matin à jeun, elle aurait certainement souffert de la température si elle était partie plus tard. Elle a proposé à Béatrice de l'accompagner, mais cette dernière a refusé :

— Les jambes sont faites pour marcher, pas pour courir !

Ce qui a bien fait rire Christina :

— Tu pourrais au moins trouver une autre excuse !

— Je suis runningophobe !

— Hum, tu es sûre que ça existe, ça ?

— Maintenant, oui !

— Et comment tu m'expliques cette peur ?

— Je ne sais pas, ça doit faire partie de ces choses qui ne s'expliquent pas… ou alors par la psychanalyse, mais je n'ai pas de temps pour ça !

À la boutique, tout est redevenu calme, comme avant, ou presque : Patricia et Patrick ne cachent pas leur bonheur. Le samedi midi, on lui propose encore de se joindre à l'équipe pour le déjeuner, mais elle refuse, prétextant qu'elle a une course à faire. En vérité, elle va dans un parc non loin du magasin où elle s'installe pour manger le sandwich ou la salade qu'elle s'est préparé. Aussi, ayant pris goût à la nature et à la quiétude qui se dégage du lieu, elle s'y rend maintenant régulièrement, comme ce midi. Elle pourrait déjeuner chez elle, mais elle préfère marcher avant le repas plutôt qu'après.

Il lui faut, depuis sa maison, environ une demi-heure pour se rendre au parc à pied, ce qui est parfait pour lui ouvrir l'appétit. Généralement, elle fait un tour du parc, long de cinq hectares, afin de choisir le banc sur lequel elle pourra s'asseoir. Elle aime se mettre un peu en retrait des jeux d'enfants afin de ne pas être trop agacée par leurs cris. Parfois, elle va s'asseoir sur le rebord de la fontaine, située au centre du parc : l'eau l'apaise.

Elle quitte donc sa chaise longue sans regret, attrape ses affaires et prend le chemin du parc. Cette fois-ci, elle jette son dévolu sur un banc double, positionné un peu en retrait, sous de grands chênes, afin de profiter de leur ombre. Alors qu'elle croque avec appétit dans son sandwich jambon-beurre, elle est arrêtée par une voix qui lui semble familière, provenant du centre du parc. Curieuse, elle se lève, époussette les miettes qui tapissent ses vêtements et s'approche : une femme est installée, sur le bord de la fontaine. Christina n'en voit que le chapeau. Elle essaie de s'approcher, mais la foule est dense. Parmi les discussions, elle entend quelques mots comme « chanteuse », « guitare », « talents » : chouette, un spectacle !

Son impression se confirme quand elle entend les premières notes de guitare acoustique, un air lent qu'elle ne connaît pas. Aussitôt une voix se greffe aux notes. Une voix douce et grave qui impose le silence. Christina n'arrive pas à reconnaître la langue utilisée : ce n'est pas du français, ni de l'anglais, aucune langue européenne de sa connaissance. Si elle ne comprend pas ce que la jeune femme raconte, cela n'empêche pas Christina d'être touchée par cette voix mélancolique.

Quand l'air se termine, les applaudissements fusent. Christina se rend compte qu'elle n'a même pas croqué un morceau de son sandwich pendant toute la chanson. Elle n'a toujours pas vu le visage de la femme, qui garde la tête basse, cachée par son grand chapeau. Quand les applaudissements commencent à se tarir, la chanteuse, d'une voix émue, lance un « merci ».

À nouveau, Christina a l'impression de connaître cette voix. Alors que certaines personnes commencent à partir, elle se rapproche et commence à comprendre… La housse de la guitare est étendue sur le sol, il fait office de boîte pour récupérer de l'argent. Et cet étui, elle l'a déjà vu. Une seule fois, le jour de son arrivée d'ailleurs. Après, elle l'a certainement laissé dans sa chambre et sorti dans la plus grande discrétion :

— Béatrice ! s'exclame-t-elle sans se rendre compte qu'elle parle à voix haute.

— Oui ?

La jeune femme lève la tête. Elle garde quelques secondes la bouche ouverte en voyant qui elle a en face d'elle.

— Je ne savais pas… balbutie Christina, qui ne sait pas quoi dire.

Béatrice baisse la tête, comme si elle avait honte.

— Ne… ne m'en veux pas, finit-elle par balbutier.

— Comme tu joues bien ! Et ta voix ! Tout ! Ta prestation, ça avait quelque chose de magique !

Béatrice relève la tête, incrédule :

— Tu… tu es sérieuse ?

— Oui ! Bien sûr ! Pourquoi te mentirais-je ?

— Je… je ne sais pas…

Elle respire profondément et reprend :

— Je n'ai pas l'habitude de jouer ici, mais la place où je vais normalement est en travaux… alors, je me suis dit que le parc était une bonne idée.

— Mais, tu as le droit ?

— Normalement non, mais ils sont tolérants : je ne fais rien de grave, après tout…

Christina est abasourdie par sa découverte et les questions s'entrechoquent dans sa tête :

— Depuis quand fais-tu ça ? Et ton travail de vendeuse ? Je ne comprends plus rien !

La jeune femme se mord l'intérieur des lèvres.

— Je joue depuis que je suis arrivée par ici. Je jouais déjà à Paris. Mais pour le travail, non, je n'ai pas menti, mais c'est vrai que je ne t'ai pas tout dit : je travaille bien en CDI, mais à mi-temps… alors, j'essaie d'arrondir un peu mes fins de mois…

La cloche de l'église, au loin, rappelle Christina à l'ordre :

— Je dois y aller, je vais être en retard, sinon. On en reparlera plus tard, tu veux bien ?

Béatrice acquiesce d'un hochement de tête. L'expression de son visage lui fait mal au cœur : elle semble vraiment gênée d'avoir été découverte. Pourtant, cela ne dérange pas du tout Christina. Au contraire, elle l'admire : oser prendre un instrument, jouer et chanter face à un public qui n'est pas nécessairement là pour vous écouter, c'est un sacré challenge.

44
Juliette

Elle a cru que son cœur allait rater un battement, voire plusieurs, en consultant sa boîte e-mail ce matin. Un message l'attendait. Elle a aussitôt reconnu l'adresse e-mail d'un éditeur qu'elle avait contacté trois jours plus tôt.

Oui, elle avait enfin sauté le pas, une fois la lettre de présentation du manuscrit tapée sur l'ordinateur. L'idée la travaillait tellement qu'elle avait compris qu'elle se reprocherait toujours de n'avoir pas essayé, et elle savait bien que Madelaine ne la laisserait pas tranquille tant qu'elle n'aurait pas osé. Elle avait envoyé le texte aux cinq éditeurs de sa liste qui acceptaient les soumissions par e-mail ou *via* une plateforme de dépôt. Elle attendrait un peu pour les autres : elle ne voulait plus imprimer d'exemplaires à son travail et n'était pas pressée de dépenser de l'argent pour une impression qui ne mènerait certainement à rien.

Après quelques exercices de respiration pour reprendre son souffle, elle a cliqué sur l'e-mail et a déchanté aussitôt : ce n'était qu'un accusé de réception confirmant la bonne réception du manuscrit et l'informant que sans réponse de la part de la maison d'ici cinq mois, en raison du nombre important de manuscrits reçus chaque jour, il lui faudrait prendre ce silence pour un refus…

Elle a supprimé l'e-mail en soupirant, se reprochant un peu d'avoir cru à une bonne nouvelle alors qu'il était trop tôt pour ça, mais c'est plus fort qu'elle. Depuis qu'elle a effectué ses premiers envois, elle regarde beaucoup plus souvent sa boîte e-mail, en vain, évidemment. Et dire que ce n'est que le début !

Juliette a passé sa matinée à la médiathèque, laissant Fatima seule pour l'après-midi : il y avait peu de monde et le conteur n'allait plus venir avant la prochaine rentrée scolaire. Elle avait ainsi du temps pour accompagner Madelaine à son cours de cuisine, une idée qui ne lui déplaisait pas tant que ça : elle cuisine peu, même si elle aime ça, et observer le comportement de Madelaine face à ce fameux John promettait d'être un moment des plus intéressants, voire épique la connaissant. De plus, elle éviterait de penser à Télémaque le temps de quelques heures…

À 13 heures 20, elle arrive chez Madelaine. La vieille dame lui ouvre la porte sans qu'elle ait besoin de frapper. Elle a revêtu un jean brut, surmonté d'une élégante marinière. Juliette la trouve très jolie, mais elle n'a pas le temps de dire le moindre mot car déjà l'octogénaire s'emballe :

— Je ne sais pas quelle mouche m'a piquée quand j'ai accepté ce rendez-vous ! Il faudrait peut-être ne pas y aller, non ? Ou annuler ! Je peux lui écrire que je suis malheureusement souffrante et qu'il faut reporter le rendez-vous… Ou alors je fais le mort : je supprime mon compte du site de rencontres et je disparais des écrans. Sérieusement, ce n'est plus de mon âge, ce genre d'activité !

— Allons, allons, Madelaine, vous n'allez pas me dire que vous, vous stressez !

Étrangement, Juliette se serait attendue à un tas de choses, mais pas à trouver une Madelaine si inquiète.

— Mais non, mais non, n'employons pas tout de suite les grands mots… C'est seulement que je suis… ou plutôt que je ne suis pas vraiment… sûre de moi. Et arrête donc de me vouvoyer : ce n'est pas le moment de me faire prendre un coup de vieux. Quelle maudite habitude !

Juliette sourit : si Madelaine retrouve sa repartie, c'est qu'elle va déjà mieux.

— Allons, tout va bien se passer, en plus je suis là. S'il se comporte mal ou s'il ne vient pas, nous prendrons un peu de bon temps toutes les deux.

Le visage de Madelaine se décompose :

— Tu penses qu'il pourrait ne pas venir ?

Juliette se pince les lèvres et essaie de se rattraper :

— Non, ce n'est pas ce que je voulais dire, mais parfois, on ne sait pas ce qui peut se passer : des bouchons, un accident, un problème familial… La vie est pleine d'imprévus !

— Mmmm, marmonne Madelaine en apportant une tasse de café et un mug de Ricoré, s'il fait ça, je lui fais manger mes plants de tomates.

45
Christina

— Joyeux anniversaire, ma colocataire préférée !!!! s'époumone Béatrice en apercevant Christina venir vers elle.

Cette dernière la regarde, surprise. Sa colocataire a un petit paquet entre les mains, qu'elle lui tend.

— Mais comment as-tu su ? Et ça, qu'est-ce que c'est ?

— Comment j'ai su ? Je te rappelle qu'on a signé un contrat toi et moi il n'y a pas si longtemps que ça… et qu'on y trouve des informations intéressantes, comme la date d'anniversaire ! Et cette chose, poursuit-elle en lui tendant le paquet, c'est ce qu'on appelle communément un cadeau. C'est un truc qu'on offre à diverses occasions, notamment en cas d'anniversaire. L'usage veut qu'on remercie la personne qui nous l'offre, s'amuse Béatrice.

— Merci ! Mais tu es…

— Adorable, oui, je sais. Mais attends de l'ouvrir pour voir si tu es toujours du même avis…

Christina regarde dans le paquet, en sort une petite carte. Elle l'ouvre et lit :

Mon premier est une empreinte.
Mon deuxième est un pronom personnel complément.
Mon tout se déguste al dente.

— Qu'est-ce que c'est ?

— Une charade !

— Oui, ça, j'avais bien compris ! Mais que veux-tu que j'en fasse ?

Béatrice lève les yeux au ciel et soupire :

— Que tu trouves la réponse enfin ! Pas que tu l'accroches au mur de ta chambre comme un poster !

Christina rit.

— Sans compter que ce ne serait pas très esthétique. Et une fois que je l'aurai trouvée ?

— Peut-être que tu en auras une autre, si tu es sage… Et si tu t'en sors bien, tu pourras même découvrir ce que j'ai réservé pour nous deux cet après-midi…

— Cet après-midi ? C'est impossible, tu sais très bien que je travaille !

— Non, tu *travaillais*. Patricia a accepté de te remplacer. J'ai cru comprendre qu'elle a un service à te rendre, quelque chose comme ça… sourit Béatrice

— Tu as vraiment tout prévu…

— Oui, on appelle ça une colocataire en or…

Une demi-heure plus tard, Christina est assise devant l'un des placards de la cuisine, le pot en verre contenant les pâtes entre les mains.

— Purée, qu'est-ce qu'il y a d'autres que les pâtes qui se mangent *al dente* ??? « Mon premier est une empreinte » pronom personnel complément : c'est un pas. Ou un doigt ? ça laisse une empreinte aussi… mais ça ne va pas avec la suite, « Mon deuxième est un pronom personnel complément » : le « te », ce qui donne bien « pas – te » donc pâtes ! Et je ne vois rien sur ce fichu pot !

Alors qu'elle s'apprête à le reposer, son petit doigt gauche touche quelque chose… Elle retourne le pot et y trouve un mot collé.

— Ouiiiiiiiiii !

— Enfin ! s'amuse la voix lointaine de Béatrice depuis le canapé du salon.

— Tu aurais pu m'aiguiller, quand même !

— Pour quoi faire ? Tu t'en sors divinement bien ! Et tu étais tellement proche du but !

— Mmmmmm, marmonne Christina pour toute réponse en attrapant le petit papier qu'elle ouvre : encore une charade !

Mon premier n'est plus en état d'usage.
Mon second est une voyelle.
Mon troisième se joue.
Mon tout ne se trouve pas loin de toi !

Aussitôt, Christina, qui prend décidément goût à ce petit jeu, se met à chercher…

46
Madelaine

Elle n'avance pas vite avec ses hanches qui lui font mal, à moins que ce ne soit une excuse pour retarder l'échéance, d'autant plus qu'elle n'a pas voulu prendre sa canne, malgré la demande de Juliette. En réponse, elle a ronchonné :

— Tu ne veux pas qu'il me classe tout de suite dans la liste des grabataires !

Juliette a levé les yeux au ciel, espérant secrètement que la peur, et par extension la mauvaise humeur de Madelaine, finirait par s'envoler.

Elles arrivent devant la salle un peu avant 14 heures.

— Tu crois qu'on doit entrer ou on attend dehors ? demande l'octogénaire.

— Allons-y, la porte est ouverte, confirme Juliette en la poussant légèrement. De toute façon, nous ne devons pas être les premiers. Ça commence dans quelques minutes !

Madelaine prend une grande inspiration : il est de toute façon trop tard pour reculer, et suit Juliette. L'espace d'un instant, elle se met à espérer que le fameux John ne sera pas présent…

À l'intérieur, une dame brune, élégante, d'une soixantaine d'années et au physique de présentatrice télé, les accueille.

— J'espère que ce n'est pas pour elle qu'il m'a fait venir ici, marmonne Madelaine, pour elle-même.

— Bienvenue mesdames ! Je m'appelle Léonore, je suis ravie de vous accueillir ici. Vous avez réservé à quel nom ?

Aussitôt, Madelaine rougit : elle n'a pas réservé, ni pour elle, ni pour Juliette !

— Mamidoo ? se risque-t-elle, d'une voix fluette.

— J'ai une place pour vous, en effet, confirme la dame en consultant une tablette.

— Et vous ? demande-t-elle en s'adressant à Juliette, qui se tourne vers Madelaine.

C'est d'ailleurs cette dernière qui répond :

— Elle m'accompagne, mais je ne savais pas qu'il fallait réserver, enfin, je n'y ai pas pensé…

— Ce n'est pas grave, sourit la grande brune, j'ai justement eu un désistement ! Vous pouvez vous installer là-bas toutes les deux !

Elle indique deux tables vides au fond de la salle, sur la droite.

— On travaillera en duo pour la première partie, ensuite, nous cuisinerons tous ensemble ! poursuit-elle avec un enthousiasme non feint. Allez-y : la présentation de l'atelier ne va plus tarder !

— Chouette, baragouine la vieille femme. Nous voilà reléguées dans le coin des plantes vertes.

— Vous… tu es bien râleuse, Madelaine, remarque gentiment Juliette. Si tu continues, je te fausse compagnie et tu resteras toute seule avec ton apollon…

— S'il vient ! Et qu'est-ce qui te dit que c'est vraiment un apollon ? Imagine, si ça se trouve c'est lui qui a annulé ! Après tout, c'est la place à côté de la mienne qui est libre, comme par hasard !

— Mais non, il se peut qu'elle ait modifié les emplacements pour nous permettre de nous installer l'une à côté de l'autre…

— Peut-être que oui, peut-être que non…

Madelaine jette un coup d'œil au reste de la salle. Au milieu se trouve un grand plan de travail, entouré de plusieurs tabourets. Des tables doubles sont placées de chaque côté, sur lesquelles des ustensiles de cuisine sont posés. Seules quatre tables sur les douze sont déjà prises, uniquement par des femmes, toutes sur la partie gauche : à croire que la cuisine est une affaire féminine.

47
Christina

Elle a trouvé la réponse à la deuxième énigme, une casserole, et même à la troisième, cachée dans la casserole, qui était plutôt facile :

Je ne suis pas long : court.
Je suis un chiffre entre le 1 et le 3 : deux.
Je chauffe dans une marmite : cuis.
Je suis la fin du magazine – zine.

Celui-là, elle l'a seulement trouvé parce que l'ensemble, « cours de cuisine », lui a semblé évident.

Si l'idée, dans un premier temps, l'a surprise, elle a fini par être vraiment intéressée :

— Si j'ai bien compris, tu aimes cuisiner et tu le fais plutôt bien. Alors, pourquoi ne pas apprendre de nouvelles choses ? Et comme je t'accompagne, c'est un peu un cadeau pour moi aussi.

Christina a été très touchée par ce présent auquel elle ne s'attendait pas, mais elle s'est sentie aussi gênée, connaissant le prix d'un tel atelier et, surtout, ayant une idée des finances de Béatrice. Quand elle y a fait allusion, sa colocataire a envoyé promener ses inquiétudes :

— J'ai encore le droit de faire plaisir à qui je veux, quand j'en ai envie. Rassure-toi, ma banquière ne va pas débarquer en compagnie d'un huissier, car d'une : c'est un homme, et de deux : il est en vacances, se moque gentiment Béatrice

Les deux femmes n'avaient pas encore reparlé de leur rencontre furtive au parc. Christina, ne voulant pas gêner Béatrice, attendait que cette dernière lui en touche un mot, ce qu'elle ne faisait pas : un jour, le bon moment viendrait peut-être. En attendant, elle n'avait pas à l'obliger de lui parler de ce qu'elle préférait taire. Elles avaient signé un contrat de colocation et non juré de tout se dévoiler.

À 14 heures, elles arrivent toutes les deux devant la salle, dans laquelle elles pénètrent aussitôt, Béatrice la première :

— Tu es déjà venue ? lui chuchote Christina, alors qu'une grande dame brune au large sourire s'approche d'elles, une tablette entre les mains.

— Non, jamais ! C'est une première pour moi aussi ! Mais j'ai lu des avis excellents.

En quelques phrases, l'hôtesse leur explique que le cours va se dérouler en deux parties et leur indique des places au troisième rang à droite, qu'elles peuvent rejoindre. Elles saluent en s'installant les autres personnes présentes, que des femmes : deux couples de deux femmes âgées d'une trentaine d'années et un dernier, tout au fond, composé d'une femme du même âge et d'une autre plus âgée : peut-être une fille et sa mère, même si la ressemblance n'est pas frappante.

Alors qu'elles prennent place et que 14 heures sonnent à l'église du village, trois hommes entrent en même temps, rétablissant presque la parité, accompagnés d'une femme. Trois d'entre eux, dont la femme, ont les cheveux poivre et sel, tandis que le dernier, plus jeune, a le crâne rasé. Ils discutent rapidement avec l'hôtesse. Christina imagine qu'ils se connaissent, ils sont très tactiles. L'un des hommes, qui porte un jean et un polo bleu, ne cesse de poser ses mains sur les épaules de la jolie brune. Au bout de quelques minutes, ils s'asseyent à leur tour.

Mais, au moment où l'homme tactile au polo bleu prend place, il se tourne vers Christina. Quand cette dernière croise son regard, elle jurerait le voir lui faire un clin d'œil, ce qui la met aussitôt mal à l'aise.

48
Juliette

— C'est lui, mon John H ! s'écrie Madelaine en serrant le bras de Juliette avec une force insoupçonnée.

Juliette regarde les derniers arrivants.

— Lequel ?

— Celui qui a un pantalon noir et un polo, à côté de la femme au grand chapeau… et qui semble avoir peur que la charmante hôtesse s'envole, étant donné qu'il n'arrête pas de poser les mains sur ses épaules, maugrée Madelaine.

— Peut-être qu'ils se connaissent ? se hasarde Juliette, optimiste. Tu vois, je savais bien qu'il allait venir ! Tu veux que je lui laisse ma place ? Ce serait plus correct après tout !

— Non, non, surtout pas ! C'est d'être arrivé plus tôt pour se présenter qui aurait été correct, et non pas d'arriver à la dernière minute, ni de tripoter je ne sais qui. Il a voulu que je vienne ici, j'ai fait l'effort, à lui de se débrouiller pour la suite !

Juliette regarde l'homme en question prendre place à l'une des doubles tables, avec la dame au chapeau.

Visiblement, lui non plus n'est pas venu seul. Mais Juliette s'étonne de ne pas le voir jeter un regard à Madelaine. Après tout, elle a raison : elle est venue ici à sa demande, il pourrait, dès son arrivée, lui accorder un minimum d'attention ! D'ailleurs, elle a l'impression de l'avoir vu faire un clin d'œil à l'une des femmes placées derrière lui.

— Le cours va commencer, maintenant que tout le monde est là ! Veuillez prendre les tabliers posés sous chaque table !

Juliette en profite pour jeter un coup d'œil à son téléphone portable qu'elle vient de sentir vibrer. Elle regarde l'écran qui annonce la réception d'un message provenant de sa fille :

Mam' ! Papa peut venir à la maison cet après-midi ? On va jouer de la guitare, et il fait hyper chaud dans son van !

Elle répond rapidement « oui, bien-sûr », soupirant à l'idée qu'il sera certainement encore là quand elle rentrera. Aussitôt, des questions se bousculent dans sa tête : comment devra-t-elle se comporter avec lui ? Lui fera-t-il la bise ? Ou alors osera-t-il l'embrasser ? Et, surtout, en aura-t-il envie ? Et elle ?

Madelaine lui assène un coup de coude dans les hanches :

— Ce n'est pas le moment de rêvasser ! Je ne suis pas là pour me faire remarquer, murmure sa voisine.

Juliette regarde la salle. Elle remarque qu'elle est la seule à ne pas avoir encore enfilé son tablier et que l'hôtesse la regarde avec insistance. Elle le fait sans perdre de temps pour échapper au courroux de sa voisine, toujours remontée. Enfin, elle profite de ne plus être au centre de l'attention pour éteindre son téléphone portable afin d'être pleinement disponible pour son amie.

49
Madelaine

La première partie du cours n'a rien d'évident, contrairement à ce qu'elle aurait pu imaginer. Après une rapide présentation des ustensiles nécessaires, ils ont commencé par confectionner des pâtes fraîches en vue du repas qu'ils créeront en seconde partie.

Armée d'une fourchette, elle mélange avec vigueur dans la jatte les ingrédients, selon les indications données : les deux types de farine, les œufs, le sel et la pâte prend forme… difficilement. Après avoir fariné le plan de travail, elle y pose la mixture et délaisse sa fourchette pour pétrir l'ensemble avec les mains : la pâte lui colle aux doigts, elle n'aime pas ça et ses articulations lui font mal. Elle jette de temps en temps des regards à John qui ne lui en adresse pas un seul en retour : elle déteste ce sentiment d'être inintéressante, voire invisible. C'est quoi, son problème ? Après tout, c'est lui qui l'a invitée ici ! Pourtant, on ne peut pas dire qu'il se fasse discret. Il commente sans cesse les propos de Léonore, discute à droite et à gauche. Mais avec elle, jamais. Elle est persuadée qu'il ne lui a pas encore jeté le moindre regard.

Décidément, elle est d'une humeur exécrable, ce qui est assez rare pour être souligné. Elle n'est pas loin de regretter d'avoir accepté ce stupide rendez-vous, et serait certainement déjà partie si la charmante Juliette ne l'avait pas accompagnée.

À côté d'elle, la jeune femme ne s'en sort pas forcément mieux. La pâte s'est incrustée dans les bagues qu'elle a oublié de retirer de ses doigts au début de la séance et elle s'est trompée dans les dosages des deux farines. Elle ne semble pas très attentive non plus, surtout depuis qu'elle a regardé son téléphone. Qu'est-ce qui peut bien la préoccuper ainsi ? Madelaine aimerait lui poser la question, plus par inquiétude que par curiosité, mais elle ne veut pas lui sembler trop intrusive. Il y a un mois, elles n'en étaient qu'au stade des salutations…

Au bout de longues minutes, Madelaine enroule la pâte dans un film transparent pour la laisser reposer, à l'instar de Juliette qui fait grise mine devant ses bagues collantes.

— Pendant ce temps, explique Léonore, nous allons voir ensemble quelques astuces pour réussir à la perfection votre pâte à pizza ainsi que celle des gnocchis ! Ne prenez pas de notes, j'ai tout listé dans un petit fascicule que je vous distribuerai à la fin de l'atelier !

— *Meraviglioso !* s'exclame alors John en levant les mains en l'air, sous le regard incrédule de Madelaine.

Elle a l'impression d'être dans une salle de classe, avec en rôle principal John, *alias* l'élève à la science infuse – ou qui croit l'avoir – qui sautille sur sa chaise en levant la main pour répondre à toutes les questions.

Les joues de Léonore s'empourprent. Elle adresse un signe de la tête et un sourire timide à John puis commence ses explications, comme si de rien n'était. En la voyant gênée par le comportement de John, Madelaine trouve aussitôt Léonore plus sympathique.

L'octogénaire n'écoute pas avec beaucoup d'attention les explications. L'absence d'intérêt de John à son égard l'agace, sa façon de se comporter ici aussi. Elle se retient de prendre une boule de pâte qui reste pour la lui envoyer entre les deux yeux… Quoique, comme il ne la regarde pas, ce serait plutôt dans ses cheveux… à condition qu'elle arrive à viser juste, ce qui n'est pas certain. Elle se dit qu'échanger seulement quatre messages avec un homme *via* un site de rencontres n'est pas suffisant pour se faire une idée de la personnalité de celui à qui on a affaire et se demande si, finalement, l'idée de s'inscrire sur le site était vraiment bonne. Il n'y a peut-être que dans les romans que ça fonctionne…

50
Christina

Décidément, c'est dérangeant. Elle se demande bien ce qu'elle a pu faire à cet homme pour qu'il passe ainsi son temps à la regarder et à lui adresser des clins d'œil. Elle qui vient de se libérer de Patrick, voilà qu'un autre s'y met : qu'a-t-elle fait pour mériter ça ? Elle se demande pendant un temps, à cause de la familiarité avec laquelle il agit, s'ils se connaissent, mais elle a beau chercher, son visage ne lui dit rien, absolument rien. C'est peut-être un client du magasin, mais il ne l'a pas marquée. Et, si c'était le cas, cela lui donnerait-il le droit de se comporter ainsi ?

La première partie de l'atelier est terminée, ils vont pouvoir passer au grand plan de travail. Elle espère de tout cœur qu'il ne se mettra pas à côté d'elle : la simple idée qu'il puisse l'effleurer la dégoûte et elle s'imagine déjà lui envoyer la garniture des pâtes en pleine figure. Elle qui pensait passer un bon moment de détente, c'est raté.

— Allons-y, mettons-nous en place ! les encourage Léonore. N'oubliez pas de prendre votre petite boule de pâte. À la maison, le mieux serait de la laisser reposer au frais ou à température ambiante s'il ne fait pas trop chaud pendant au moins une heure, mais là, si on n'avance pas, vous ne repartirez jamais avec un plat terminé d'ici la fin du cours, précise-t-elle sans se départir de son entrain et de sa bonne humeur.

Christina attend un peu avant de s'installer, préférant regarder où va se placer l'homme au polo bleu. Quand elle voit qu'il s'apprête à prendre place du côté gauche, elle s'avance et rejoint Béatrice qui s'est judicieusement installée du côté opposé, sans savoir que cela arrange sa colocataire. La jeune femme ne semble pas avoir remarqué quoi que ce soit du comportement inapproprié de l'homme, ce qui rassure Christina. Savoir qu'elle ne profite pas pleinement de ce cadeau causerait certainement de la peine à Béatrice.

— Vous pouvez retirer le film qui entoure votre préparation, explique Léonore en joignant le geste à la parole. Normalement la pâte n'est pas collante. Si elle l'est, n'hésitez pas à ajouter encore un peu de farine et à la pétrir de nouveau. Si besoin, j'ai réalisé des pâtes de secours avant votre arrivée, je peux vous en donner. Ne voyez pas ça comme un échec : la préparation de la pâte est souvent plus difficile qu'on se l'imagine. Et, avec une pâte bien réalisée, vous serez certaines et certains de ne pas rater votre plat !

Une à une, les pâtes sont libérées de leurs gaines plastifiées. Christina est plutôt fière du résultat : sa pâte a une bonne tenue, comme celle de Béatrice. Elle regarde les autres : la femme au grand chapeau râle parce que la sienne a déjà durci, tandis qu'une jeune femme, celle qui est placée à côté de la dame plus âgée, rit en regardant la sienne qui reste en partie collée sur le film. Christina sourit, amusée. Elle évite de regarder dans la direction de l'homme au polo, placé à côté de la vieille dame.

Léonore distribue aux deux femmes une nouvelle pâte afin qu'elles puissent continuer l'élaboration de la recette dans les meilleures conditions.

— Pour la suite, nous allons avoir besoin de champignons, de tomates, de basilic et d'un petit fromage italien au lait de brebis, qu'on utilise assez peu en France…

— *Il pecorino !* la coupe l'homme au polo, visiblement fier de lui.

— Oui, c'est ça ! C'est un fromage…

— Salé ! la coupe une nouvelle fois l'homme en faisant encre un clin d'œil à Christina dont les joues s'empourprent et le regard se fait noir.

— Oui, salé, donc on veillera à ne pas rajouter de sel dans le plat, poursuit Léonore, sans donner l'impression d'être agacée par ce coupeur de phrases.

Christina ne peut pas s'empêcher de le trouver désagréable. Elle déteste les personnes qui prennent la parole sans raison et qui se mettent ainsi en avant. On a l'impression de n'entendre qu'elles, comme si elles voulaient donner l'impression qu'elles étaient plus intéressantes que les autres.

Au moment de prendre les ingrédients placés au centre de la table, la main de John – elle a entendu Léonore l'appeler par son prénom – se pose sur la sienne. Furieuse, elle la retire, lui lance un regard furibond et se mord les lèvres pour ne pas laisser échapper les mots qu'elle pense, mais qu'il ne serait pas convenable de prononcer à cet instant, surtout devant des inconnus.

Aussitôt, l'homme perd son sourire et son visage se décompose. Christina espère que son message visuel aura été suffisamment clair et se félicite de s'être fait comprendre uniquement grâce à un regard : il y a quelques jours, elle aurait subi ces attaques – c'est ainsi qu'elle ressent les gestes et les regards du fameux John – en baissant les yeux.

51
Madelaine

L'honneur est sauf : elle a réussi à façonner sa pâte pour les pâtes fraîches. La suite ne lui semble pas très compliquée, surtout depuis qu'elle se montre plus concentrée. Elle se fait une raison concernant le fameux John lequel, de toute évidence n'est pas du tout attiré par elle. Qu'à cela ne tienne : maintenant qu'elle est là, elle compte bien en profiter un maximum, ne serait-ce que par respect pour Juliette qui a accepté de l'accompagner. Par hasard, il se trouve placé à côté d'elle. Pour autant, il ne lui a pas encore adressé la moindre parole, ni n'a tenté la moindre approche dans sa direction.

Une demi-heure plus tard, les tagliatelles sont confectionnées, les champignons et les tomates, nettoyés et coupés, le basilic ciselé. Une douce odeur de cuisson se dégage de la pièce, mais pas uniquement. Madelaine respire un peu plus fort. Un autre parfum, plus âcre, se dégage de la poêle juste à côté de la sienne.

— Tes champignons, ils brûlent ! s'écrie la vieille femme en regardant sa voisine.

— Oh mon Dieu ! panique Juliette

— Ce n'est rien, ce n'est rien, tempère aussitôt Léonore en s'approchant d'elles. On va recommencer. Donnez-moi ça, je vais m'en occuper. Prenez une nouvelle poêle, coupez et nettoyez vos champignons et recommencez, en évitant de penser à autre chose cette fois-ci, ajoute-t-elle en souriant et en s'éloignant.

— Je suis vraiment une piètre cuisinière, se lamente Juliette, visiblement mortifiée.

— Au moins, ça met un peu d'animation, ricane Madelaine.

Autour d'elles, personne ne s'est laissé distraire par l'événement. Tous les visages sont baissés vers le plan de travail.

La partie salée terminée, Léonore propose pour le dessert la réalisation d'une pannacotta à la poire et au chocolat, un dessert que la vieille femme a déjà réalisé plus d'une fois. En un rien de temps, elle fait ramollir les feuilles de gélatine dans de l'eau froide, met dans une casserole de la crème fraîche liquide, du sucre et de la vanille, qu'elle mélange avant de mettre le résultat final à chauffer, et ajoute les feuilles de gélatine égouttée au moment de l'ébullition. Son entrain retrouvé, elle en oublie les douleurs qui lui grippaient les articulations des doigts une heure plus tôt. Elle est plutôt fière d'elle, encore plus quand elle regarde John, dont les feuilles de gélatine semblent fondues : il a dû confondre l'eau froide et l'eau chaude… L'élève modèle n'aurait-il pas bien écouté la leçon ? D'ailleurs, depuis quelque temps, il semble beaucoup moins avenant.

— Bien fait ! marmonne-t-elle alors qu'un sourire de satisfaction égaye son visage.

— On croirait que tu as fait ça toute votre vie, constate Juliette qui la sort de son moment d'autosatisfaction.

— Presque ! C'était le dessert préféré de mon père, avant d'être celui de mon fils…

À ces mots, Madelaine a une pensée pour Julien : a-t-il reçu sa lettre ? Si oui, est-il inquiet ?

— Vous… Tu, se reprend Juliette, à laquelle Madelaine fait les gros yeux, tu as de la chance : le dessert préféré de la mienne, ce sont les gâteaux industriels… Quand je tente une pâtisserie faite maison, elle tire la langue et rechigne même maintenant à la goûter. Au début, j'étais vexée. Puis, j'ai fini par me faire une raison et je vois le bon côté des choses : c'est quelque chose de moins à cuisiner.

Madelaine sourit :

— Tu aurais pu l'amener, ta fille.

— Elle est avec son père, réplique aussitôt la jeune femme. Je pense qu'elle a mieux à faire.

Madelaine s'étonne en entendant le mot *père*, mais se raisonne presque aussitôt : c'est normal que Juliette, belle comme un cœur, ait un chéri. C'est elle qui s'était mise à croire qu'elle vivait seule avec sa fille.

52

Juliette

Vraiment, elle fait n'importe quoi. Entre la pâte ratée et les champignons qu'elle brûle, elle aurait mieux fait de rester chez elle. Depuis le message de sa fille, elle ne cesse de penser à Télémaque et brûle – presque autant que ses champignons – d'envie de rentrer chez elle, autant que de rester à l'atelier. À partir du moment où il a franchi la porte de son appartement, il a semé la zizanie dans sa tête, et dans son cœur.

De temps en temps, elle regarde John, occupé lui-même à regarder cette autre femme, plutôt jolie certes, mais qui ne semble par attirée par lui. Juliette a l'impression d'avoir déjà vu son visage quelque part, mais est incapable de se souvenir du moment, ni du lieu.

Ce n'est que quand l'atelier est pratiquement terminé que ça lui revient : c'est la femme de l'affiche ! Celle sur laquelle il est noté « l'employée du mois » ! Et elle se souvient très bien du lieu où elle a vu ce minois pour la première fois : chez Madelaine ! D'ailleurs, quand elle y réfléchit, si Juliette se souvient bien avoir rédigé avec la vieille dame le profil sur le site de rencontres, elle n'a aucun souvenir d'avoir mis une photo. Or, c'était le visage de cette femme que Madelaine avait mise sur le premier site… Se pourrait-il que…

— Dis-moi, Madelaine, vous êtes convenus d'un signe ou d'un indice vestimentaire, John et toi, pour vous reconnaître ?

— Non, s'étonne celle-ci, pourquoi ?

— Parce que les photos ne sont pas toujours ressemblantes, explique Juliette, dont le pressentiment se confirme en voyant le visage de Madelaine blanchir.

— Je n'avais pas pensé à ça…

— Et la jeune femme, presque en face de nous, avec son petit chemisier à fleurs, ça ne te dit rien non plus ?

Madelaine fronce les sourcils et regarde la personne désignée par Juliette. Elle plisse les yeux pour observer ses traits : sa vue n'est plus très nette de loin. Non, elle ne la connaît pas, elle en est certaine. Elle s'en souviendrait tout de même !

— Et si je te dis « employée du mois » ?

Le visage de Madelaine se fige.

— Haaaaaaaaaan ! s'exclame l'octogénaire. Mon Dieu, c'est vrai ! C'est elle qui est sur la photo ! Je n'ai pas mis la mienne ! ça m'était complètement sorti de la tête !

— Un souci, mesdames ? demande Léonore, certainement perturbée par leur discussion peu discrète.

— Non, non, désolée, répond Juliette.

Puis elle adresse un sourire malicieux à Madelaine avant de reprendre :

— Mamidoo et moi disions seulement à quel point nous sommes contentes d'être ici !

— Très bien, réplique gentiment Léonore laquelle, même si elle a bien compris que la justification était fausse, a le bon goût de ne pas insister.

Juliette jette un coup d'œil à Madelaine qui a piqué un fard et au fameux John, dont le visage exprime une surprise non feinte.

53
Madelaine

— Pourquoi ? lui demande John, alors qu'elle s'apprête à quitter les lieux.

Elle rougit, comme une enfant prise en faute. Ils ne se sont pas adressé la parole depuis la révélation de Juliette. Madelaine n'a pas osé croiser le regard de John lequel, pourtant, n'arrêtait pas de chercher le sien. Qu'est-ce qui lui est passé par la tête ? Comment a-t-elle pu oublier qu'elle n'avait pas mis sa photo ? C'est vrai qu'il n'avait jamais été question de physique entre eux, lors de leurs échanges sur le site. Mais tout de même… Elle comprend mieux l'empressement qu'il montrait envers cette pauvre femme, devenue contre son gré un dommage collatéral. C'était tout de même un foutu hasard que cette dame soit justement présente. Madelaine en est sûre : c'est un coup de son défunt Alphonso, qui doit bien se marrer là-haut.

— Je… je ne sais pas. Le portrait figurait sur une publicité qui traînait à côté de mon bureau. Je l'ai pris en photo sans prendre le temps de réfléchir à ce que je faisais, j'ai transféré le cliché sur mon ordinateur, et vous devinez la suite. C'était tout de même plus… vendeur.

— Plus vendeur ? C'est un point de vue. C'est ingénieux, en tout cas, à défaut d'être honnête, déclare John. L'atelier vous a plu au moins ?

— Oui, oui, énormément ! C'était une excellente idée. Merci, murmure-t-elle, les joues toujours rougies par la honte.

— C'est le principal. En tout cas, vous vous en êtes bien sortie, vous êtes bourrée de talents.

Elle rougit. Que veut-il dire par là ? Que classe-t-il parmi « ses talents » ? La cuisine et ses talents d'informaticienne, ou est-ce de l'ironie pour parler de sa tricherie ? Son visage n'exprime aucune moquerie, aussi, elle choisit la première option :

— La cuisine, je maîtrise, c'est vrai, mieux que la construction d'un carré potager en tout cas.

John lève un sourcil :

— Sacrée Madelaine, conclut-il en quittant les lieux.

Madelaine le regarde partir sans bouger. Une fois que sa silhouette disparaît, elle reste immobile, comme statufiée par sa propre bêtise.

— Mon frère vous embête ? demande Léonore, qu'elle n'a pas entendue approcher.

— Votre frère ?

— Oui, mon frère ! John. C'est un gentil, mais il peut être agaçant parfois avec sa façon de toujours couper la parole, et aussi de la monopoliser. C'est une mauvaise manie qu'il a quand il est stressé. D'ailleurs, je me demande bien pourquoi il était inquiet, ce n'est pas la première fois qu'il participe à l'atelier.

C'était donc ça ? Il ne se faisait pas remarquer pour que tous les regards se braquent sur lui, mais c'était sa façon de réagir à l'anxiété ? On juge bien vite une personne, parfois.

— Et vous avez une autre sœur ? demande Madelaine à l'animatrice.

Léonore la regarde, surprise, et répond :

— Oui, mais elle ne vit pas en France, mais en…

— Italie, la coupe Madelaine, ce qui amuse Léonore.

— Vous devez bien vous entendre avec John…

Dehors, Juliette l'attend, le livret dans une main et ses plats dans l'autre.

— Je te ramène chez toi ?

— Avec plaisir, réplique la vieille dame.

— Alors, qu'a-t-il dit ?

— Pas grand-chose, il m'a demandé pourquoi, je n'ai pas su répondre grand-chose… Comme je m'en veux maintenant ! C'était une idée stupide !

— Quoi ? L'inscription sur le site ou la fausse photo ?

— La photo, l'inscription aussi peut-être bien. Là, je ne sais plus. Tu crois qu'il va me redonner des nouvelles ?

— Je ne sais pas, Madelaine, je ne sais pas. Tu aimerais ?

— Je crois que oui, souffle-t-elle du bout des lèvres.

Elles continuent leur chemin dans le silence, chacune prise par ses pensées.

Quand elles arrivent devant la maison de Madelaine, cette dernière s'arrête net. Une voiture est garée juste devant chez elle et un homme fait les cent pas devant la porte de sa maison.

— Juliette, tu te souviens que je t'ai dit avoir un fils ?

— Oui, l'éditeur parisien ? Julien, si je me souviens bien !

— C'est ça, l'éditeur. Figure-toi qu'il est juste là !
Juliette regarde devant la maison.

— Qu'est-ce qu'il a à s'agiter comme ça ?

— Il se pourrait qu'il me croie kidnappée…

— Quoi ? manque de s'étrangler Juliette.

— Tu sais que ce goujat a oublié la date de mon anniversaire ? Il n'est pas venu, il ne me l'a même pas souhaité quand il m'a rappelée après avoir vu que j'avais essayé de le joindre une vingtaine de fois, alors je me suis dit qu'il fallait que je bouscule un peu les choses…

— Et ?

— Et je lui ai envoyé une sorte de courrier anonyme composé de lettres que j'ai découpées dans le journal pour qu'il ne reconnaisse pas mon écriture…

Après un moment de flottement, le temps certainement pour Juliette d'intégrer l'information, mais aussi celui pour Julien de repérer sa mère, Juliette souffle :

— Sacrée Madelaine…

— Je ne sais pas si c'est positif ou négatif, mais je vais finir par le croire…

— Tu peux m'expliquer ce qui se passe ici ? vocifère Julien en arrivant vers les deux femmes.

— Bonjour, Julien. Je te présente Juliette. C'est une autrice de talent, tu sais ? Tu as fait bonne route ?

54
Juliette

Elle n'a pas voulu rester plus longtemps avec Madelaine et son fils : Juliette ne souhaite pas se mêler de leurs histoires de famille et ils avaient certainement besoin de parler tous les deux. Elle lui a donné les plats qu'elle avait préparés : il y en aurait assez pour deux, mais pas pour trois. Puis, qui sait : Télémaque aurait peut-être préparé le repas ? Il était plutôt bon cuisinier, avant…

Pour autant, elle n'est pas pressée de rentrer chez elle, ne sachant toujours pas comment se comporter face à son ex, surtout après la nuit qu'ils venaient de passer… Elle ne peut s'empêcher de se demander si cela veut dire quelque chose et a même fait appel aux interprétations de Samantha, qui lui a répondu :

— Pourquoi te prendre la tête avec ça ? Tu verras bien ! Tu te pollues le cerveau, ma grande !

Juliette sait très bien que son amie a raison. Oui, elle verrait bien. Mais ne pas avoir une idée de ce qui va se passer l'angoisse. Elle aime pouvoir tout diriger dans sa vie et cela passe aussi par la gestion de ses sentiments. Pourtant, elle n'était pas comme ça avant. Si certains parlent de « l'avant » comme d'une période au début nébuleux, Juliette sait très bien à quelle période de sa vie il correspond : à la naissance de sa fille.

Roxane avait tout chamboulé dans sa vie, et devoir gérer seule les premiers soins puis l'éducation de son enfant, faire attention aux comptes – on n'imagine pas les sommes astronomiques que l'on peut dépenser pour un nouveau-né avant d'en avoir un, rien que pour un siège auto ou un lit – n'avait pas été une simple affaire. Pas au point de la faire regretter, non : elle reste toujours intimement convaincue d'avoir fait le bon choix, mais elle était devenue beaucoup plus carrée dans sa façon de gérer les choses du quotidien, rechignant quand un événement venait troubler ses habitudes bien ancrées. Cette façon de faire avait un mérite non négligeable : l'apport d'une certaine sérénité, même si elle était facilement ébranlable.

Elle aimerait bien, pourtant, retrouver la faculté de vivre l'instant présent sans se poser trop de questions, mais elle a l'impression que cette autre personne a disparu.

Un peu avant 19 heures, elle arrive chez elle, accueillie par les éclats de rire de Roxane et Télémaque. Père et fille sont dans la cuisine, en pleine préparation du dîner : Juliette a bien deviné. Quand Juliette s'approche, sa fille s'écrie :

— N'entre pas maman, reste dans le salon ! C'est une surprise ! Le repas sera prêt dans une demi-heure, profites-en pour aller prendre un bon bain chaud !

Agréablement surprise, Juliette ne cherche pas à en savoir plus et obéit docilement. Alors qu'elle est nue dans la baignoire, quelqu'un frappe à la porte et l'ouvre : c'est Télémaque, qui entre en faisant mine de se cacher les yeux.

Juliette rougit et, par réflexe, elle s'enfonce un peu plus dans l'eau et amène près de son corps de la mousse afin de la placer devant sa poitrine : comme si les bulles de savon pouvaient vraiment cacher quoi que ce soit. Télémaque avance, une main toujours devant les yeux, même si Juliette voit bien un écart entre l'annulaire et le majeur qui la fait encore plus rosir. Il pose un verre de vin rouge sur le rebord de la baignoire. Juliette est partagée entre la gêne et l'envie de l'attirer à elle :

— C'est pour t'aider à te détendre, indique Télémaque. Du saint-émilion, je me souviens que tu l'appréciais beaucoup, celui-là. J'espère que c'est toujours le cas.

— Ça l'est, oui. Merci.

Si Juliette aime le vin rouge, elle n'a pas l'habitude pour autant d'en boire dans sa baignoire et la situation lui paraît assez cocasse.

— Ta fille ne ménage pas ses efforts pour te faire plaisir. C'est beau à voir.

— Elle est merveilleuse.

— Elle a de qui tenir, réplique Télémaque en refermant la porte derrière lui.

Juliette ressent une boule de chaleur dans son ventre.

Vingt minutes plus tard, elle apparaît dans le salon, habillée, le verre vide à la main. Elle a décidé d'enfiler une robe longue, désireuse de paraître à son avantage. Elle s'est même un peu maquillée.

— Installe-toi, maman ! annonce Roxane en la voyant. J'amène le plat !

Elle s'absente quelques secondes, pendant lesquelles Télémaque lui sert un second verre de vin, et revient avec une grande marmite :

— Des tagliatelles au poulet, champignons et à la sauce tomate !

Juliette se retient de rire, amusée par cette troublante coïncidence :

— Avec du pecorino ?

— Du picoquoi ? Non, pourquoi ?

— Pour rien, je disais ça comme ça. Ça a l'air délicieux !

Et ça l'est. Juliette ne sait pas exactement si c'est le plat qui est si exquis ou si c'est l'idée que Roxane l'ait préparé avec son père qui lui a donné cette saveur particulière.

— Qu'avez-vous fait de beau, alors, cet après-midi ?

— De la gratte ! s'écrie sa fille, ravie.

— Elle s'en sort pas mal, d'ailleurs. Ça doit être génétique.

— Sauf pour la voix, complète Roxane. Je chante comme une casserole, ajoute-t-elle, dépitée.

— Mais non, la contredit Juliette, sans laisser à Télémaque le temps de répondre. Tu as un joli timbre de voix mais tu n'es pas encore juste quand tu chantes. Je le sais bien, je t'entends suffisamment à travers la porte de la salle de bains… mais ça viendra si tu t'entraînes.

— Merci Mam ! Peut-être que si on me donnait quelques cours de chant en plus des cours de guitare cet été…

Juliette s'étonne, pas certaine d'avoir bien compris :

— Des cours de guitare cet été ? C'est un budget ma fille, tu sais…

— Pas forcément, minaude-t-elle.

Juliette regarde Télémaque et commence à comprendre.

— Tu comptes rester plus longtemps que prévu ?

— Euh, ce n'est pas exactement ça…

55
Madelaine

— Tu ne penses pas qu'il y avait d'autres moyens ? Comme m'expliquer les choses, tout simplement ?

Julien s'est un peu calmé depuis qu'ils sont entrés dans la maison et, surtout, depuis qu'il s'est rappelé avoir honteusement oublié l'anniversaire de sa mère…

— Si, mais j'étais tellement en colère le jour de mon anniversaire… j'avais tout préparé ! L'entrée, le plat, le dessert… j'en ai même sifflé la bouteille de champagne. J'ai appelé la police, des hôpitaux et même le truc des routes qui donne des informations sur les accidents, mais eux n'ont pas daigné me répondre…

— La Sanef ? Je suis désolé, maman, vraiment. Je ne comprends pas comment ça a pu me sortir de la tête… mais tout de même ! Une lettre qui m'annonce qu'on t'a kidnappée ! Quelle angoisse ! J'ai tout plaqué en urgence pour venir ici ! J'ai même failli avoir un accident !

— Je t'ai toujours dit qu'il fallait être prudent sur la route, mon fils ! Et puis, j'avais le manuscrit de Juliette, je voulais vraiment te le donner…

— Mais elle écrit quoi, cette Juliette ?

— C'est une romance contemporaine ! s'anime soudainement Madelaine. L'histoire est vraiment prenante, ça raconte…

— Maman…

— Ça raconte l'histoire d'une femme, qui…

— Maman ! reprend plus fermement Julien. Je suis éditeur, d'accord, mais je publie des guides touristiques, pas de la romance !

— Mais c'est pareil, non ? Elle voyage, elle aussi, dans le livre, soupire Madelaine, soudain refroidie.

— Non, maman, ça n'a rien à avoir… Je te l'ai déjà expliqué un nombre incalculable de fois… Je ne pourrai pas aider ton amie…

Madelaine soupire, déçue. Elle n'en veut pas à son fils, non, elle en veut à sa caboche, qui refuse de retenir des choses parfois importantes. À croire que les oublis sont génétiques, à moins que ce ne soit un début d'Alzheimer.

— Qu'est-ce que je vais pouvoir dire à Juliette ?

— Et pourquoi pas la vérité, tout simplement ? Si son roman est si excellent que tu sembles le dire, elle trouvera un éditeur, rassure-toi.

— Hmmm, marmonne Madelaine.

— Sinon, comme je suis là, j'ai quelque chose à te dire, maman…

— Tu vas être papa, je sais, lance Madelaine, comme si elle annonçait la météo du jour.

Julien la dévisage, surpris :

— Comment le sais-tu ?

— Comme tu n'es pas venu la dernière fois, j'ai demandé à Nicolas de venir m'aider pour une ou deux bricoles et il a vendu la mèche. Et comme tu préfères en parler à tes amis avant de le dire à ta vieille mère…

— On a fait l'échographie du premier trimestre hier, je voulais attendre pour te l'annoncer…

— Et cette femme, tu comptes me la présenter quand ?

— Bientôt, je te le promets. Là, tu comprendras que je n'aie pas pris la peine de lui proposer de m'accompagner. Elle est souvent en voyage à l'étranger, elle travaille pour le Routard, je t'en ai déjà parlé. Mais maintenant, elle va limiter les déplacements et on se débrouillera pour trouver un créneau qui nous conviendra à tous les trois.

— J'espère que ce sera avant l'accouchement… réplique Madelaine, sarcastique. Bon, maintenant que tu es là, tu vas bien passer la fin de journée avec ta mère ? J'ai rapporté le repas ! ajoute-t-elle en montrant les deux boîtes dans lesquelles se trouvent les pâtes fraîches et les panacottas.

56

Christina

Béatrice et Christina se régalent avec le repas qu'elles ont cuisiné l'après-midi.

— Tu as eu une excellente idée, vraiment. Je connaissais le concept, mais je n'avais jamais tenté.

Béatrice sourit, fière d'elle :

— Et il te voulait quoi, le monsieur avec son polo bleu, quand on est parties ?

— Il s'est excusé, il pensait que j'étais Mamidoo... Je n'ai pas compris grand-chose, si ce n'est que si c'était une technique de drague, elle est franchement à revoir... Même si là, il avait l'air sincère et vraiment gêné. Je lui ai répondu que non, et que son comportement m'avait fortement déplu et incommodée.

Une nouvelle victoire, d'ailleurs pour Christina. Jamais encore elle n'avait osé verbaliser ce genre de chose.

— Plutôt étrange, oui. Bon, j'ai encore un petit cadeau pour ton anniversaire, si tu es d'accord...

— Mais tu me gâtes trop ! s'exclame Christina, embarrassée.

— Rassure-toi. Celui-là ne me demande qu'une chose, enfin non, deux : ma guitare et ma voix.

Cinq minutes plus tard, Béatrice est installée sur une chaise. Elle interprète un morceau de musique que Christina ne connaît pas, mais qui la touche, une nouvelle fois. Un rythme lent, une musique entêtante, et cette langue à laquelle elle ne comprend rien, mais à travers laquelle elle paraît exprimer une réelle souffrance.

Quand Béatrice a terminé, elle pose avec délicatesse son instrument de musique et explique à sa colocataire :

— C'est une chanson que j'ai écrite, en hommage à ma mère.

— Que lui est-il arrivé ?

Béatrice respire profondément et répond :

— Comme tu t'en doutes peut-être, je ne suis pas née en France mais en Birmanie, au nord de l'État d'Arakan. Mes parents ont décidé de fuir le pays, ça devenait trop dangereux pour nous, les Rohingyas. Ils voulaient venir en France. On a passé tous les trois la frontière pour rejoindre le Bangladesh, mais, une fois là-bas, on s'est retrouvés dans un camp de réfugiés, Kutupalong. C'était presque pire que la Birmanie : pas beaucoup d'eau, et quand on en avait elle était souvent souillée par les excréments, peu de nourriture, et l'insécurité était grande. J'entendais tous les jours des histoires de filles violées, des personnes tuées pour des raisons insignifiantes. Mais on avait moins peur là qu'en Birmanie. Malgré tout, on parvenait à s'y sentir plus en sécurité, tous ensemble.

Elle fait une pause, regarde dans le vide, puis reprend :

— Un jour, mes parents ont entendu par hasard qu'ils voulaient nous séparer. Ils voulaient envoyer mon père, qui était costaud, rejoindre un groupe armé non loin de la frontière, et ma mère dans une ville voisine pour qu'elle travaille dans une usine de vêtements, afin de payer les frais que leur coûterait notre présence. Je ne sais pas quel dessein ils projetaient pour moi. Je ne sais même pas si mes parents l'ont su, mais j'imagine le pire. Alors, avec d'autres personnes, des Rohingyas, comme nous, on a décidé de partir. On nous disait que plus loin, sur la côte, des hommes seraient là pour nous aider à quitter le pays par la mer. On a attendu la tombée de la nuit pour être le plus discrets possible. On devait être une trentaine. On a réussi à rejoindre la côte et on y a même vu deux bateaux, enfin, deux petites embarcations qui ressemblaient un peu à des jouets posés sur l'eau. Tout est alors allé très vite. Mes parents se sont retrouvés dans l'un d'eux, le plus petit, et moi dans le plus grand avec d'autres enfants. On était tous entassés les uns sur les autres, unis par la peur. Puis, après un long moment sur l'eau, dans notre ramassis de planches qui ne cessait de tanguer, notre embarcation s'est retournée. Je ne sais pas où était celle de mes parents, on ne voyait rien dans le noir. J'ai été sauvée.

Christina est émue par le témoignage qu'elle entend. Elle est aussi touchée d'avoir été choisie pour écouter cette douloureuse confidence.

— Et tes parents ?

— Je ne les ai jamais revus. Grâce à une association, j'ai pu venir en France, c'était il y a cinq ans. Ça a pris un peu de temps, mais j'ai finalement obtenu la nationalité française.

— Où dormais-tu alors avant d'être ici ?

— J'étais logée grâce à une association. Mais maintenant que j'ai obtenu un CDI, même si ce n'est qu'à mi-temps, il faut que je laisse la place à d'autres femmes qui en ont plus besoin que moi.

Alors qu'elle a regardé le sol pendant pratiquement toutes les explications, Béatrice lève la tête et plante son regard dans celui de Christina. Elle ne pleure pas, mais ses prunelles brillantes trahissent la tristesse ravivée par ses émotions.

— J'espère que tu ne m'en veux pas.

— T'en vouloir ? Mais pourquoi ? s'étonne Christina.

— Je t'ai menti, avec cette histoire de séparation et de retour chez mes parents…

— Je peux le comprendre. Mais, tu sais, si tu m'avais expliqué tout ça dès le premier jour, ça n'aurait rien changé à mon choix. Et sache que te proposer cette chambre en colocation est certainement l'une des meilleures choses que j'aie faites ces dernières années.

57

Juliette

L'air est frais, pour un soir d'été. Il reste chargé d'une odeur de grillades et apporte les rires des enfants qui n'ont pas encore cédé à l'appel de l'oreiller. Elle aurait dû prendre un gilet avant de s'enfuir seulement vêtue de sa robe comme elle l'a fait, mais elle n'a pas réfléchi. La jeune femme a ressenti le besoin de partir, de quitter son appartement devenu trop étouffant, dans lequel elle s'est sentie soudainement si étrangère.

D'un revers de la main, elle efface les larmes qu'elle a retenues à l'annonce de la nouvelle. Elle déambule sans vraiment savoir où ses pas la conduisent, sans quitter du regard le sol, le dos courbé, comme si elle portait un poids énorme sur les épaules.

Elle aurait dû se douter que quelque chose se tramait étant donné toute l'attention qui lui était soudain portée : le repas, le verre de vin rouge, le bain… c'était trop, trop pour que cela ne cache pas quelque chose, même si elle n'imaginait pas ça.

Elle entend encore très distinctement les mots prononcés par Télémaque :

— Roxane a demandé si elle pouvait m'accompagner cet été, en tournée. J'ai accepté. Elle ne ratera pas l'école, elle est suffisamment grande maintenant et nous passerons un peu plus de temps ensemble.

Juliette a eu l'impression qu'on lui enfonçait un couteau en plein cœur, s'est sentie trahie. Ils avaient certainement passé l'après-midi à réfléchir à la meilleure façon de faire pour lui annoncer la nouvelle. Tout avait été habilement calculé. D'ailleurs, depuis quand avaient-ils cette idée en tête ? Télémaque le savait-il déjà quand ils ont couché ensemble ? Peut-être même était-il revenu uniquement pour ça ? Juliette n'a jamais interdit à sa fille d'être en contact avec son père, au contraire. Elle sait qu'ils s'envoient régulièrement des nouvelles par e-mail ou par téléphone et ne se serait jamais permis de jeter un coup d'œil à leurs échanges.

Que pouvait-elle répondre à cette requête ? Elle n'a pas prononcé un mot. Son visage s'est fermé au moment même où elle a compris la demande. Elle a d'abord cru à une blague, comprenant rapidement que ce n'était pas le cas, malheureusement. Alors, elle s'est levée simplement, a rejoint la porte d'entrée et est partie, insensible aux « maman » et « Juliette » criés derrière elle.

Elle était piégée. Elle ne voulait pas perdre sa fille pendant deux mois, rentrer tous les jours dans un logement vide, ne plus entendre résonner la voix de Roxane dans l'appartement. Elle en veut à Télémaque de lui avoir mis cette idée en tête ou, si elle ne vient pas de lui, d'avoir émis l'hypothèse que c'était possible.

En même temps, peut-elle réellement s'y opposer ? Elle n'est que la mère et, d'un point de vue légal, elle n'a aucunement le droit de refuser le départ de sa fille avec son père, qui l'a d'ailleurs reconnue. Aucun papier ne peut attester qu'elle l'élève seule depuis sa naissance. Ils ne se sont jamais encombrés avec les histoires de pension familiale ou de garde, Télémaque lui virant tous les mois une somme sur son compte en banque, en fonction des cachets perçus.

Aurait-elle dû ?

Elle repense aux moments qu'elle a vécus dans le van, lors des tournées. La proximité, le manque parfois de sommeil, les tensions à l'approche d'un concert… mais, surtout, la joie de vivre ensemble autrement, d'avoir l'impression de faire partie d'un groupe, la route, les découvertes, l'aventure…

Elle marche, tête basse, se sentant soudainement très lasse. Le déferlement d'émotions ressenties l'a épuisée. Elle pense un moment à Madelaine et à son fils, espère que la soirée de cette vieille dame, devenue son amie, est plus agréable que la sienne et ne doute pas qu'ils aient mis les choses au point.

Elle se rapproche de l'appartement, voit les lumières du salon encore allumées. Le noir complet dans le van indique que Télémaque est toujours dans le logement. Et, pour elle, tout s'éclaire aussi.

Si une vieille dame et son fils sont capables de mettre les choses au point, elle l'est aussi.

58

Madelaine

Elle regarde la voiture de son fils s'éloigner depuis la fenêtre de son salon. L'odeur du café embaume encore la pièce, Madelaine s'est même laissée tenter par une tasse, les miettes de pain recouvrent encore la table du salon : Julien est allé chercher lui-même à l'aube quelques viennoiseries, ce que Madelaine a apprécié. La veille, ils ont parlé de longues heures, ce qui a convaincu Julien d'accepter la proposition de sa mère et de dormir sur place. Elle lui a fait comprendre que la solitude peut parfois lui peser et qu'elle est très attachée à son appel hebdomadaire. Il lui a promis de ne plus l'oublier et de la prévenir à chaque fois qu'il viendrait, ainsi elle ne préparerait plus rien en vain. Ils ont même déjà fixé la date de sa prochaine visite.

Dès que la voiture s'est éloignée, elle se précipite sur son ordinateur. Si la veille, une fois rentrée chez elle, elle a complètement oublié John, leur rendez-vous manqué de la veille lui est aussitôt revenu en tête quand elle a ouvert les yeux ce matin. Depuis, elle ne cesse de se demander s'il s'est connecté sur le site et s'il lui a envoyé un message.

L'ordinateur met une éternité à s'allumer. Au moment où la page charge, les mots « Mise à jour » apparaissent, accompagnés d'un pourcentage, qui avance à la vitesse d'une tortue neurasthénique. Ses doigts claquent un à un sur la table, montrant son impatience. Au moment où le chiffre passe à 50, l'ordinateur s'arrête et redémarre :

— Saleté de boîte ! vocifère alors Madelaine qui prend le parti de nettoyer la table, non sans garder un regard constant sur l'écran de l'ordinateur.

Une fois la table débarrassée et nettoyée, l'écran d'accueil s'affiche enfin. Deux minutes plus tard, elle se connecte au site. Une fenêtre pop-up s'ouvre, lui indiquant la réception d'un nouveau message. Son cœur bat à tout rompre. Elle clique sur la messagerie et, aussitôt, perd de son enthousiasme : ce n'est pas un message de John qui l'attend, mais une publicité venant du site… Si au moins ça avait été un homme intéressé par son profil…

En parlant de profil, elle clique sur un bouton pour faire apparaître le sien. Aussitôt, la photo s'affiche : elle clique sur la petite croix pour la supprimer, le quiproquo de la veille lui a suffi. Elle a conscience aussi que ce n'était pas très sympathique pour la femme qui a dû se demander pourquoi John la regardait avec autant d'insistance, même si elle n'avait pas pensé à mal sur le moment.

Ensuite, elle retourne sur la messagerie et relit les messages qu'elle a échangés avec John. Elle reste un moment, pensive, à fixer l'écran, se demandant si ça ne serait pas à elle d'envoyer un message la première…

Après tout, si le rendez-vous a échoué, c'est en partie sa faute… Mais, au moment où elle tape la première lettre du mot « Bonjour », une nouvelle fenêtre pop-up s'affiche, faisant une nouvelle fois battre son cœur de façon disproportionnée. Et, cette fois-ci, c'est bien John l'expéditeur.

59
Juliette

Un mois plus tard.

— Mamaaaaaaaaaaaaaaaaaaaaan ! Où est mon legging noir ?

— Là où tu l'as posé la dernière fois, ma chérie, s'amuse Juliette en levant les yeux au ciel.

La chaleur devient enfin plus supportable en cette douce soirée d'été. Juliette est assise sur un transat, à l'abri d'un arbre suffisamment grand pour être centenaire. Elle se sent bien, là, comme si elle avait enfin trouvé sa place. Elle tient entre ses mains une version papier reliée et annotée de son roman. Il ne lui a finalement pas fallu attendre six mois pour avoir un premier retour positif. Parmi les maisons d'édition qu'elle avait sélectionnées, l'une d'entre elles ouvrait justement une nouvelle collection « Romance contemporaine » et voulait que le roman de Juliette soit le premier à paraître. Le coup de fil l'avait surprise un beau matin, vers 10 heures, alors qu'elle émergeait à peine, après s'être couchée tard à la suite du concert des Apologize, dont elle ne rate pas une représentation.

— Je n'aurais pas cru que ça l'aurait autant stressée, déclare Télémaque en posant un baiser sur son épaule droite.

— Elle prend son rôle très à cœur. Et on peut comprendre qu'elle soit un peu angoissée à l'idée de chanter devant des milliers de personnes, non ? Même si ce n'est que pour une chanson… Et elle ne chante que depuis un mois !

— Mais elle a la plus merveilleuse des professeurs…

Juliette sourit.

— Tu ne veux pas l'accompagner ? lui demande une dernière fois Télémaque.

— Non, c'est son moment… On aura certainement l'occasion d'en partager d'autres.

Cela fait trois semaines que Roxane et Juliette ont rejoint Télémaque dans son van, pour participer à la tournée. Les autres membres du groupe se sont tout de suite montrés très sympathiques et Cyprien lui a même proposé de prendre place derrière le micro, avec l'accord de Lucinda. Néanmoins, elle n'a pas encore osé franchir le cap et se contente de chanter depuis les coulisses ou au sein de la foule. Et puis, elle a suffisamment à faire maintenant avec son texte qu'elle ne cesse de reprendre.

Il avait fallu qu'elle prenne sur elle pour accepter de laisser sa fille partir pour un mois. Elle n'avait pas le droit de lui interdire de vivre ça et il fallait qu'elle se fasse une raison : sa petite fille devenait grande… elle ne pouvait pas lui reprocher de vouloir vivre sa vie, surtout auprès de son père.

Dès qu'elle avait donné son accord, Télémaque lui avait proposé de les accompagner. Ils avaient beaucoup discuté et Juliette avait appris que l'idée venait uniquement de Roxane, mais qu'elle avait aussitôt plu à son père, ce que Juliette pouvait comprendre. Elle avait même découvert à cette occasion que Roxane écrivait des paroles de chanson depuis presque deux ans et qu'elle en avait déjà envoyé à Télémaque : père et fille étaient plus proches que ce qu'elle s'imaginait. Quand Roxane avait déclaré à son père qu'elle voulait l'accompagner en tournée, cela lui avait mis du baume au cœur : il se sentait seul, parfois, malgré la présence des autres membres du groupe. Sa fille lui manquait, c'était d'ailleurs la raison qui l'avait poussé à revenir ici, pendant ses trois semaines de repos. Même s'il n'avait pas prévu qu'il retomberait aussitôt amoureux de Juliette.

La médiathèque étant fermée en juillet, l'occasion se présentait au meilleur moment. Chacun avait trouvé sa place et Juliette avait même retrouvé goût à cette vie nomade, malgré les soirées parfois à rallonge qui fatiguaient Roxane. Ils avaient d'ailleurs décidé de prolonger l'expérience et de rempiler pour quinze jours : Fatima tiendrait la médiathèque, le début du mois d'août est calme en termes de fréquentation.

Elle a reçu deux jours plus tôt une photo de sa collègue, en vacances à la montagne. Elle est plutôt en bonne compagnie et Juliette a tout de suite reconnu l'homme aux cheveux poivre et sel sur la photo : celui qui venait lors des lectures de contes le samedi… Un large sourire s'est dessiné sur les lèvres de Juliette, illuminant tout son visage : elle était ravie pour eux.

60
Christina

— Je vais tout rater, je le sens…

— Mais non enfin, aie confiance ! Ce n'est pas la première fois que tu vas réaliser ce plat, je me suis toujours régalée ! Et tu sais tout aussi bien que moi à quel point tu es douée en cuisine !

— Et si je me trompe dans un dosage ? Ou si j'oublie un ingrédient ?

— Ça ne changera rien au fait que tu feras de ton mieux. Ton plat sera certainement moins bon, mais tu ne pourras rien regretter, puisque tu auras tenté. Mieux vaut des remords que des regrets…

— Béatrice, la voix de la sagesse. Et ma première – et unique – supportrice, aussi.

La jeune femme sourit.

— La sagesse, je ne sais pas, mais moi, en tout cas, je crois en toi. Quant à être ton unique supportrice… Attends de les voir goûter à ton plat, et ils seront dingues de toi !

Christina la prend dans ses bras le temps d'une accolade et s'avance vers la salle où sont déjà installés quelques concurrents, alors que le coup d'envoi ne sera donné que dans quarante-cinq minutes : elle n'est pas la seule à avoir besoin de s'imprégner des lieux pour se rassurer. Certains sont très jeunes. Le concours se déroule dans les cuisines d'une école hôtelière : ceci explique peut-être cela…

Béatrice la regarde, confiante. Il s'en est passé, des choses, depuis l'atelier de cuisine il y a un mois ! L'atelier a donné lieu à un second, axé cette fois-ci sur la cuisine française, auquel elle s'est rendue seule, puis à quelques cours pour maîtriser des techniques culinaires. Elle y prenait goût de plus en plus.

Un soir, Béatrice était rentrée avec un flyer : un concours de cuisine était organisé dans l'un des grands restaurants lillois. Le gagnant serait pris comme apprenti cuisinier auprès du chef étoilé du restaurant. Christina, au début, avait pris le défi à la rigolade. Mais, plus le temps passait, plus elle imaginait son futur dans une cuisine plutôt qu'à la caisse de la supérette où elle travaille actuellement. Elle se sentirait plus épanouie, à travailler dans un domaine qu'elle aime et qui l'anime, qui lui donnerait envie de se dépasser. Elle s'imaginait parfois travailler aux côtés de grands noms de la cuisine française… Et, qui sait, peut-être pourrait-elle même ouvrir son propre restaurant dans quelques années ? Béatrice avait déjà déclaré, mi-amusée mi-sérieuse, qu'elle postulerait pour y travailler en tant que serveuse. À chaque moment de doute, la jeune femme l'encourageait, arguant que la vie est imprévisible et qu'il ne faut pas hésiter à tenter l'impossible. Et puis, dans son cas, le risque n'était pas très grand et seul son ego pourrait en prendre un coup.

Hésitante, Christina fait demi-tour puis revient vers Béatrice.

— Rappelle-moi pourquoi j'ai accepté de me lancer dans ce projet ? demande Christina, toujours un peu anxieuse.

— Parce que tu ne vas pas végéter à la caisse de la supérette alors qu'un autre avenir professionnel pourrait s'ouvrir à toi et que je pourrais prendre ta place pour compléter mon premier mi-temps en attendant d'être serveuse à temps complet, sourit Béatrice. Tu le fais autant pour toi que pour moi, quand on y réfléchit…

Christina sourit. Les deux femmes se sont beaucoup rapprochées depuis qu'elles habitent ensemble. Pas suffisamment encore pour que Christina confie à sa colocataire toutes ses souffrances présentes et passées, mais elles sont devenues l'une pour l'autre un soutien indispensable.

61
Madelaine

Elle a mis sa robe bleue et blanche, celle qu'elle préfère dans son dressing et qui lui arrive au niveau des genoux. Elle a l'impression que c'est celle qui la met le mieux en valeur. Par ailleurs, sa texture légère lui permet de ne pas trop souffrir de la chaleur estivale.

Il est 18 heures 30. Elle a rendez-vous à 19 heures, pour la troisième rencontre avec le fameux John H, et pourtant, elle est déjà là, cachée derrière l'église, à moins de cent mètres du lieu prévu. Lui aussi est déjà là, installé à une table, un verre d'eau à la main. Il déteste être en retard, à l'instar de Madelaine, même si cela n'a jamais été dans ses habitudes de venir avec autant d'avance.

Le second rendez-vous avait eu lieu dans un endroit plus classique. Madelaine avait pris son courage à deux mains et avait invité John pour un déjeuner au restaurant : c'était sa faute, après tout, si le premier rendez-vous avait été un fiasco. Pour autant John, gentleman, avait accepté d'endosser la responsabilité, même si Madelaine n'avait rien demandé : il lui avait envoyé un message sur le site, lui demandant de l'excuser et suggérant de reprendre l'histoire au début. Il aurait dû l'attendre devant l'atelier et chercher la femme surnommée Mamidoo : ainsi, il n'y aurait pas eu de quiproquo.

Face à une telle humilité, Madelaine s'était dit qu'elle était trop vieille pour perdre du temps avec son fameux « Je ne réponds pas tout de suite » et avait lancé l'invitation. John avait répondu quelques secondes plus tard en lui assurant que cela lui ferait vraiment plaisir, mais qu'il préférait, cette fois-ci, la laisser choisir la date et le lieu. Madelaine avait fixé le rendez-vous pour le lendemain – quand elle décide de ne plus perdre de temps, elle ne fait pas les choses à moitié – dans un restaurant qui proposait des spécialités vietnamiennes. Si cela lui avait valu quelques aigreurs d'estomac, le déjeuner s'était merveilleusement bien passé. John s'était montré courtois, curieux et charmeur, juste ce qu'il fallait.

Presque dix jours avaient coulé entre ce premier rendez-vous réussi et le second, donné dans un parc. Madelaine avait dû rester couchée plusieurs jours à cause de sa maudite hanche : la faute certainement au carré potager qui l'occupait beaucoup plus qu'elle ne se l'était imaginé. Pour autant, elle ne regrettait pas son achat : les premières tomates vertes étaient apparues pour son plus grand bonheur, et elle pourrait bientôt ramasser ses premières courgettes. Voir tant de choses pousser sur sa petite terrasse, elle trouvait ça assez extraordinaire, presque magique. Julien lui avait néanmoins interdit de faire autre chose que de simples arrosages ou de cueillir les légumes mûrs : il s'occuperait de l'entretien du carré potager à chacune de ses venues.

Si John avait proposé de venir jouer les infirmiers quand elle était alitée, Madelaine, qui avait gloussé à la lecture de cette proposition, avait préféré décliner : qu'aurait dit son Alphonso ? Elle était coincée dans son lit après tout : ce n'était pas tout de suite qu'elle comptait y faire venir quelqu'un.

Elle recevait de temps en temps des nouvelles de Juliette, qui lui envoyait des cartes postales. La petite semblait heureuse, pour la plus grande joie de Madelaine. Elle était occupée, entre les répétitions pour sa fille et la correction de son manuscrit, qui devait paraître sur les tables des librairies en début d'année prochaine. Madelaine, qui le connaît pourtant par cœur, a déjà entouré la date en rouge sur son calendrier : ce jour-là, qu'il pleuve, qu'il neige ou qu'il vente, que sa hanche la fasse souffrir ou non, elle sera devant la librairie à l'ouverture, prête à crier au scandale si plusieurs exemplaires ne sont pas mis en avant sur la table des nouveautés. Mais elle a déjà tellement cassé les pieds à la libraire avec ce livre qu'elle ne risque pas de l'oublier.

En attendant, elle a sa propre vie à vivre et c'est le cœur battant la chamade et des étoiles plein les yeux qu'elle se met à avancer vers John.

Achevé d'imprimer en juin 2023
sur les presses de la Nouvelle Imprimerie Laballery
58500 Clamecy
Numéro d'impression : 305071

Imprimé en France

La Nouvelle Imprimerie Laballery est titulaire de la marque Imprim'Vert®